洋葱

王荐举 著

陕西新华出版
太白文艺出版社·西安

图书在版编目（CIP）数据

洋葱 / 王荐举著. -- 西安：太白文艺出版社，2013.7（2025.3重印）
ISBN 978-7-5513-0538-9

Ⅰ.①洋… Ⅱ.①王… Ⅲ.①长篇小说—中国—当代. Ⅳ.①I247.5
中国国家版本馆CIP数据核字第(2015)311836号

洋葱
YANGCONG

作　　者	王荐举
责任编辑	史　婷
整体设计	前程设计
内文插图	朱亚莉
出版发行	太白文艺出版社
经　　销	新华书店
印　　刷	三河市双升印务有限公司
开　　本	787mm×1092mm　1/32
字　　数	139千字
印　　张	5.75
版　　次	2013年7月第1版
印　　次	2025年3月第1次印刷
书　　号	ISBN 978-7-5513-0538-9
定　　价	36.00元

版权所有　翻印必究
如有印装质量问题，可寄出版社印制部调换
联系电话：029-81206800
出版社地址：西安市曲江新区登高路1388号（邮编：710061）
营销中心电话：029-87277748　029-87217872

自　序

　　今天是2013年的4月13日,屈指算来10万余字已经写了整整两个年头,2010年下半年开始萌发写作念头,这中间由于工作忙碌,家事拖累写写停停,虽然长期从事编辑工作,但写作是还是头一回,真的有一天让自己动手来写,却又诚惶诚恐,不敢贸然去写,因为文学对于自己来说一直是个梦。

　　这期间,我夜晚的时候憧憬白天,白天的时候却等候夜幕的降临,写作期间自己经常要变换自己的角色。有灵感时总是不眠之夜,我一打开书稿,书中的夏如歌、吴畏、薛娟、陆远在纠缠我;白天要面对本职工作和诸多杂事的困扰,我更喜欢在夜深人静的时候在方格里驰骋的感觉,欲望就像一团发酵母使我欲罢不能,不知道这种欲望会持续多久,我们无法知道此刻强烈的欲望何时会随着生命一起逝去,但这个开始是确定的。我希望这开始是精彩的,在温湿中自然生香让你闻到故事里的悲喜聆听爱的永恒。

　　因为工作之便,在我的身边总有这样的公安民警。他们面对挫折,面对委屈和不理解,面对社会上各种诱惑,依然坚守信念,默默屹立在社会治安的前沿;在面对社会这个大家庭和自己的小家面前，背负着常人难以想象的压力，他们既是可歌可泣的英雄，也是一个家庭的丈夫和自己孩子的父亲，他们光鲜外表的背后不都是包容，他们的故事，感动着我，激励着我。在写作的过程中自己不自觉地前行了，收获了别样的人生感悟。

成年人的情感问题本来就是难以捉摸的，每个人都是对方的洋葱，一层一层地剥开会流泪，爱让自己不能自拔。我试图用自己苍白的文字来讲一些成年人的情感故事，也试着想探讨婚外恋问题，解说网恋有没有真爱情，答案是肯定有。婚姻中没有对与错，要看情感中要你在扮演什么角色，有没有共同的价值观。情感中总是经了很多事才知道爱情就像两个人的车站，总会有一站是属于自己的，上车下车坐过站的、误了点的，所有人的婚姻都是一样的，车站都会有终点，生活终归会归于平淡，每个人的内心深处都会有属于自己的心灵的货架，存放着往事如烟，得到的、失去的、快乐的、伤心的，你可以守住一个不变的承诺，却守不住一颗善变的心。

要用一颗平常心去面对自己的这份付出，这个世上不存在完美的对方，学会包容和坚持才此是才是最珍贵的。

小说即将面世，感谢春晓老师给予的灵感，这是小说的灵魂，感谢陕西法治信息网编辑张旭的精心修改，她赋予了小说完整的骨骼，感谢《警察防卫技术》编辑部记者赵丹认真地校对。此外，在出书过程中太白文艺出版社的各位老师也提出了宝贵的意见和建议，在此我表示深深的感谢！

在痛并快乐中，终于完稿了，叙述情感本来就非我擅长，值得欣慰的是在我写作的过程中已经尽力了全力。

王荐举
2003 年 4 月上旬

目 录

自　序	1
1　钥匙	1
2　像一只狐	11
3　喜欢,就永远都不要停	19
4　感到了解脱	27
5　相识就在你我的指尖	35
6　凶手是熟人	43
7　有人敲门!	51
8　最熟悉的陌生人	58
9　丽江的秋天	68
10　办公室副主任	77
11　近在咫尺	85
12　指南针酒店	92

13	快递公司	101
14	兰桂坊	110
15	黑咖啡	117
16	凶器名单	128
17	八千里路	136
18	浮出水面	145
19	真相大白	155
20	凶手其人	163
21	简单即幸福	173

1 钥 匙

9月,时节虽已到了初秋,但地处北回归线的滨河市却半分未曾感受到秋日的凉意。往年,这时间总是会下几场秋雨的,可是今年却不知为何,自打入了秋,天气干燥得似乎随时都能着火一般,明晃晃的太阳一直悬在天上,连一丝风都没有。秋蝉也仿佛感受到了生还的气息,争先恐后地叫着,给燥热的空气又平添了一分烦扰。

滨河市不大,东西走向的滨河将滨河市划分为南北一大一小两个区域,壮观的滨河大桥横跨南北两岸,形成了一道独特的风景线。滨河市常住人口约400万。历史上,早在上世纪三四十年代洪河决堤,一批难民翻过滨河市北边那连绵起伏的岚岭逃难到这里,之后就在滨河北岸边的岚岭下安了家。几十年过去,滨河北岸沿着滨河逐渐发展成为一片蔚为壮观的带状大棚户区,这就是位于岚岭和滨河之间的岚山区。这么多年过去,岚山区的人们早已快将这段历史遗忘,而以滨河人自居了。

滨河南岸则是滨河市的主城区。大部分人口都主要集中在这广阔的平原地带。90年代开始,滨河市政府高薪聘请高科技人才发展电子产业,并在滨河市最南边划分了一片区域成立了滨河市高新技术开发区。经过20多年的发展,现在高楼林立的高新区已经成为全国驰名的小"硅谷",为滨河市带来了不菲的经济效益。滨河南岸到高新区之间是滨江区,这是滨河市的老城区,也是主要的商业区。在同一座城市中,从北至南共同存在对比如此鲜明的三个城区是很少见的。在滨河,总是不乏古老和现代的交融和碰撞,这也形成了滨河市独具一格的城市氛围和人居环境。

此时已是华灯初上。西滨高速上,一辆银灰色桑塔纳轿车正在高速驶往滨河市的方向,眼看就要下高速了。

这辆车是滨河市公安局岚山分局刑警大队队长吴畏的。这次他办案离家已有将近小半个月了,想到女儿晓雪和妻子如歌,吴畏的心中掠过了一丝愧疚。

吴畏41岁,从警校毕业的那天算起到今天已经从警18年了。似乎自己天生就是做这行的,每天已经习惯于在生活的五线谱上忙碌地演奏着苦与乐的乐章。或许在旁人看来,警察这个职业总是有着些许神圣的光环,然而在这光环的背后,总是有着不为人知的心酸。再也没有哪个职业比警察更劳累、更危险了。近两年吴畏经常感到一种疲惫,只能靠烟酒来解乏。很多次,他禁不住问自己这是不是已步入中年衰老的前兆。

刚从高速进入滨河市区,车速就变得慢了下来,看着远处像乌龟一样一步一步挪着的车流,吴畏不由得皱了皱眉头。他看了看手表,已经19点10分了。只能先给家里拨个电话。

"如歌,我刚下高速,路上有些堵,一会儿就到家了。"

"回来了老公!你吃了没?没吃的话等你回来一起吃。"电话那头传来如歌柔柔的声音。

"我还没吃,刚下高速就往回赶,你和晓雪怎么还不吃饭?"

"爸爸!今天我们回来晚了,老师组织去聋哑学校看望小朋友,我还给他们带了很多礼物呢!"旁边的晓雪迫不及待地抢过电话说。

"晓雪乖,爸爸马上就回来了。"

如歌笑着从晓雪的小手上拿过电话。

"你路上小心些,我们在家等你。"

"恩,挂了。"

吴畏挂掉电话,眼前闪过女儿晓雪和妻子如歌的身影,心里涌起了一阵莫名的感觉。

吴畏在工作上很成功。自从四年前他当上这个大队长后,便指挥并参与侦破了1000多宗刑事案件,平均年侦破案件400多宗,其中,重、特大案件占了近三分之一,抓获的犯罪嫌疑人更是数不胜数。他还数次被评为滨河市"优秀共产党员"以及"市级公安机关十佳所队长",并先后荣立"个人三等功"两次。在这种玩命的工作方式下,他获得的荣誉真的是太多了。但是同样的,由于工作繁忙,一年里面,他就连回家和老婆孩子一起吃顿饭的日子都是屈指可数的,更别说去看电影或者旅游了。这么多年来,妻子如歌一直默默地支持着他。虽说如歌从没有埋怨过他什么,可他自觉对妻女满心愧疚,但是从事了这份工作,他也没得选择。

"今年一定要抽空带如歌和晓雪出去玩一次!"吴畏暗暗地下定了决心。

"吴队,吴队我是局指挥中心收到请回答!"

突然间,车载电台的呼叫将吴畏从沉思中惊醒过来。

"收到,请讲!"

"枣庄友谊路西小树林发生命案,枣庄派出所接警后已经赶到现场。"

"收到,我马上到!"

"现在不是想这些的时候。"吴畏习惯地扬了扬眉毛,迅速将心态调整过来。

"枣庄友谊路西小树林有命案,16号车,迅速出警现场支援。"

"收到,明白!"分局指挥中心已调动人员车辆增援。

吴畏一打方向盘,离开了拥堵的车流,拉响警报高速驶向了案发地点。现在,他又是那个雷厉风行的吴队长了。

近年来,国家开始大规模进行旧城改造,滨河市岚山区的棚户区也终于迎来了拆迁改造的日子。最近这几个月,整个岚山区变得机器轰鸣,尘土飞扬,到处都是嘈杂的人声。枣庄地处岚山区的城乡交汇之处,辖区人口约8000人。原本流动人口就多,治安环境复杂,恰逢棚户区改造,这里更是乱得一塌糊涂。虽然此时已经是晚上,但是这里依旧车来人往,人声鼎沸。发生命案的友谊路西小树林周围已经被隔离带隔开,隐约可以看到里面打着手电正在忙碌的警务人员,外面还有部分正在围观的群众,现场环境很嘈杂。

"你来了吴队。刚接到群众报案,说树林内发现了一具尸体。"吴畏刚下车,在警戒线外正在和一位女性谈话的枣庄派出所高副所长便看到了他,赶忙迎了过来。

"我这边接警后已带人保护现场,正在说服围观群众散开。分局刑警大队技术室组长马震、法医物证鉴定中心人员黄海、技术员郝建波和办公室内勤王娜已经进入现场开始勘查。"

高飞是地道的山东人,今年27岁,1米85的大块头,说起话来嗓门特别大。之前在刑警队吴畏手下干了三年零二个月,是分局提拔的最年轻的副所长。

"嗯,知道了,将现场隔离,保护现场。"吴畏习惯地扬了扬眉毛简短地回答。

他转过头,看到之前和高副所长说话的那位女性还站在那里。天色已经暗下来了,他看不清对方的长相:"我去现场看看,这位是?"

"哦,这位是滨河市电视台法治新闻栏目的记者赵旭,她经常报道节目,你肯定在电视上见过。"高副所长忙招手让她过来。

不远处的赵旭看到高副所长招手,她并没有急着过来,而是先不疾不徐地将手中的记事本和录音笔装在了随身的皮包里,又拢了拢头发,才走了过来。

"吴队您好,我是市台法制栏目的记者赵旭,刚才高副所长已经和我谈过您,很高兴认识您。"赵旭先伸出了手。

在这个距离,吴畏终于看清楚了赵旭。

能做电视台的记者,赵旭的长相自然不会普通,她是那种不论走到哪里都会成为众人瞩目焦点的女人。她看起来不到30岁,白皙的瓜子脸,自信的眼神,穿着米色的厚防水台高跟鞋,搭配着孔雀蓝色的九分裤,双腿又长又直。一件米色的短款双排扣风衣,扎着高高的马尾,似乎在告诉那些别有用心的男人,这个漂亮女人是不好惹的。

"你好。"吴畏轻轻握了一下她的手就松开了。

"是这样,不知道您是否有时间就这个案件接受一下采访?"赵旭带着职业的微笑问到。

"不好意思,没有时间。"吴畏脸色阴沉口气有些冷,说完便不再看赵旭,径直走向案发现场。

旁边的高副所长看到赵旭受到冷遇,有些不好意思,忙张罗着说要带她到现场外围采访。赵旭一边应着,一边目送吴畏高大沧桑的背影走进小树林,嘴角突然微微一笑。

远处正在走向现场的吴畏已经将赵旭自动屏蔽掉了,也许他曾经在电视屏幕上见过她,但是他并不关注,所以也就不会记得。吴畏不是那种见到漂亮女人就走不动的男人,尤其他现在满脑子都是案件。

"又是忙碌的一夜!"

吴畏略微叹了一口气。

由于晚上光线昏暗,勘察现场的工作进行得很缓慢,一直到10点多才基本结束。还是高副所长提醒,吴畏才想起来要给如歌打个电话。

"如歌？不好意思,突然有案子。"

"嗯,看你那么久没回来,估计是忙着。晓雪已经睡了,你吃饭了吗？"

"……"如歌这么一问,吴畏才想起来,自己竟然都没顾上吃东西。

"吃了,今天晚上还要忙,我就不回去了,早点睡别等我了。"吴畏停了停,他不想如歌担心。

"嗯,那你注意安全。"

"走,回队里。"挂了电话,吴畏又一心扑在工作上了。

9月19日早,还不到9点,岚山区就笼罩在一片喧嚣之中。喧闹中,时不时便有警车呼啸而过,这些处警的警车是岚山区湘子庙大街28号的滨河市公安局岚山区分局的。岚山区原本就是滨河市治安相对比较混乱的地区,加上最近旧城改造,大大小小的事故频发,分局门口几乎每天都车流不断。

进入分局,大门正对面就是综合办公楼,左侧有一座独立的小院,这是刑警大队办公的地方,民警穿梭在办公室间,来去如风,确实带来职业所具有的紧张氛围。

此时,刑警大队会议室里已经坐满了人,每个人的脸上都有掩饰不住的疲倦。办公室的内勤王娜正在给大家端茶上来。

"好了,现在我们开会。会前我已向分局主管刑侦的刘明副局长汇报了案子的情况,局里决定成立'9·18'专案组,刘局为组长,我是副组长。恶仗当前我提两点要求:一是全大队要发扬我们善打硬仗的作风,从今天起不论什么原因都不许请假,全体民警归队待命;二是理清思路推进专案组工作,下面大家谈谈对案子的看法。"

吴畏点了一根烟,环视着四周,等待同志们的发言。

多年的经验告诉吴畏,会议一开始,必须要单刀直入,提高士气。近年来,警察这份差事是越来越难做,工作很辛苦,收入也并不高,还要抵挡各种"糖衣炮弹"的侵袭。极少数人的不法举动更增加了老百姓对民警们的误解,大家的情绪并不是很好。

作为人民警察,就要把警察承担的职责履行到位,没有严格的组织纪律性就不可能提高工作效率。作为一名刑警,在每一次破案、追逃中,吴畏都知道肩上责任的重大。周总理说过:"国家安危,公安系于一半。"吴畏知道,自己并不是伟大,只是在工作上,他是从来都不打折扣的,他必须时刻把治安稳定和保护百姓的生命财产作为自己的职责。

"吴队,张副大队昨天开始休年假了用不用叫回来?"正在倒茶的内勤王娜忍不住问道。

吴畏阴沉着脸没有说话,王娜一抬头,刚好对上吴畏那凛冽的眼神,王娜立刻会意,她满脸通红地低下头。

"下面由老马介绍一下这个案子我们所掌握的情况。"吴畏不再看王娜,示意刑事技术室组长马震发言。

"昨天我在队里值班,接到群众报警后,我立即带领其他同志出警会同枣庄派出所的同志迅速勘查现场,并即时和高所交流了案子的情况,小王做了记录,下面我介绍一下案子。"

老马捻灭手中的烟头,皱起眉头清了清嗓子。51岁的马震,是从警多年的元老了,他工作经验非常丰富,大家都尊称他老马。

"通过对尸体表面、生理特征和残留衣物灰渣分析,死者年龄应在40岁左右,女性,身份不明,有过生育史。背部下侧有蝴蝶样文身,尸体头部朝向西北方向,后脑有明显穿透性伤口,地面可提取到血液样本。初步判断死者是被钝器所伤致死。因为死者是女性,法医黄海考虑是否有强奸行为发生,便提取了阴道分泌物检验。检验后发现死者阴道内并未发现精斑,可以断定其死前没有性行为。"老马表情凝重缓缓地说道。

"搜遍死者全身,找不到可以证明身份的证件,更没有发现随身的提包和现金,只找到了一把普通的民房钥匙。目前刑技室就掌握这些情况,下面让小王汇报一下报案人笔录情况。"

王娜连忙翻开案卷,开始介绍案件,脸上依旧红扑扑的。

"据报案人家住滨河市岚山区枣庄的张老丁口供,9月18日晚18点半左右,他像往常一样吃罢晚饭散步,途径枣庄友谊路西小树林时隐约看到有不明物体,走近后发现是一具女尸,随即拨打110报案。"

随着对案件现场的描述,每个人的注意力都开始高度集中。一时间,会议现场鸦雀无声。吴畏熟练地取出烟又点上一支,随手把烟扔在了桌子上,满脑子都是案件现场。

"本地区是城乡结合部,人口流动性大,给了犯罪分子以可乘之机,更给破案增加了难度。此案疑点众多,现场足迹混乱,有明显被故意破坏过的痕迹,看不出死者和凶手进出树林的路线,无法做足迹倒模。"

大家通过对案件分析调查,一致认定是一起恶性杀人案件,此时,针对案件的定性问题,专案组出现了几种不同的声音。有人认为是抢劫后杀人,理由是受害者散步来到案发现场时被凶手抢劫,在呼叫救命时被害,因为凶案现场没有发现女受害人随身的提包和现金;也有人认为是仇杀,因为受害人是被暴力致死,受害人和凶手间很有可能有深仇大恨;还有人推测是情杀,会不会是情人发现受害人有外遇而杀人。

一时间,案情分析会上气氛紧张,专案组成员都做出了各自的推断,又没有证据来证明这些推断。

"死者的家在哪里?在死者身上搜出的普通的民房钥匙是死者家的钥匙吗?"

"此地是第一现场还是抛尸现场?"

"究竟受害人是怎样死的?"

"杀人动机是什么?"

吴畏紧皱着眉头,大脑就像一台高转速的马达一般在运转着。

"老马,死者遗物钥匙让我看一看。"吴畏思索着,想从这唯一的线索中找到答案。

"好。"老马将桌子上放着的证物袋给吴畏递了过去。

吴畏站起身来,接过证物袋。隔着证物袋的塑料薄膜,他仔细看着那把钥匙。钥匙是银色的,看起来并没有什么独特之处。仔细观察下,吴畏发现钥匙比较新,像是新配了没有太久。

四周没有人说话,王娜侧头盯着吴畏,似乎不明白吴畏一直盯着一把钥匙看什么。大概沉默了几分钟后,吴畏终于放下了手中的证物袋,钥匙隔着塑料敲击在桌面上,发出了一声清脆的响声。

"受害人身上的这把钥匙,告诉了我们很多。"吴畏缓缓地说。

"首先,我可以推断出这不是新建楼盘的钥匙,新建楼盘的钥匙都是四齿的。所以,这把单齿钥匙极有可能是旧式防盗门,或者是旧式房门的钥匙。"

"由于受害人身上只有这一把钥匙,因此可以推断出这只能是旧式房屋的房门钥匙,而不可能是旧式防盗门的,因为如果是防盗门钥匙,那么受害人身上理应至少有里外两把钥匙才对。"

"一个人可以不带单位办公室的房门钥匙,但是一定会带家门钥匙,可以推断出这把钥匙应该就是受害人的房门钥匙。这把钥匙齿壁比较锋利,应该是新配不久,那么根据以上线索我们可以初步推断出一个结论——这是一处老住宅或者城乡结合部农村出租屋的钥匙。而且根据钥匙的新旧程度,可以判断出受害人租住的时间也许并不长,当然这点还需要证实。"

吴畏一脸阴沉习惯性地扬了扬眉毛一口气说完,大家的脸上渐渐表现出有所领悟的表情。

"岚山区比较混乱,出租房屋的现象非常普遍。考虑到案发地就是在岚山区,那么查找尸源这项工作理应以枣庄友谊西路为中心辐射周边,并且以租住户较多的区域为重点进行。"

说完这些话,吴畏重新又坐了下来。

"证据太少,很难判断。以我多年的经验来看,现在猜测嫌疑人杀人动机为时过早。先确定受害人身份,从查找尸源作为案件突破口才是正确方向……"

2 像一只狐

9月19日大清早,位于滨河市高新区西南枫叶路上的高新联合医院门诊楼便已经人满为患。

高新联合医院,是滨河市最大,也是最著名的医院。整条枫叶路南侧都是联合医院的地盘。而枫叶路北侧,则是同样声名在外的滨河联合大学。联合大学原名滨河师范学院,10年前合并了滨河工业学院,滨河商学院等几所学校,成立了现在的联合大学。联合大学共有8个校区,几乎占据了滨河市市区总面积的三分之一,因此滨河市素来有着"不是联大在滨河,而是滨河在联大"的说法。枫叶路北侧是联大的枫叶校区。枫叶校区是联大医学院所在的校区,前身是滨河医学院,在3年前也并入了联合大学内,就此成为了联合大学的一部分。每年,联大医学院都会派很多优秀的学生在联合医院实习。

由于每天慕名来到联合医院求医问诊的人非常多,导致医院的专家号非常紧缺。所以如果想要看专家,只能提前一天便来排号。在这里,为了一个专家号排整个通宵都是司空见惯的事情,门诊楼那么拥挤也在常理之中了。

和医院拥挤嘈杂的门诊楼相比,后面的院办公大楼则要清净得多。那是一栋隐在绿荫之中的贴着白色瓷砖的7层楼,因为才装修过没多久,一楼大厅里还弥漫着浓浓的油漆味道。在办公楼前,一名刚从一辆黑色现代车下来的男子,正在一边打电话一边往办公楼里走。

"小张,通知后勤全体人员九点开个碰头会,我就直接去会议室了。你把我的杯子和文件直接带过来,记得把我办公室窗户打开透透气,都是甲醛。"

男子身高约1米75,看起来大概30多岁,头发很短,显得很精神。他一边交代着,一边径直走向一楼的会议室。

刚进会议室,文员张晓便急急地走了进来。

"陆院长,昨天您在局里开会,康龙医疗设备公司的李显总经理来找您,看您不在李总把下月招标的资料给拿了一份,临走说看你什么时候有空再约你。"她一边说,一边放下了手中的茶杯,还有几份文件。

"我知道了,你放着吧。"陆远拿过这几份文件,略微翻了一下。

这个人正是联合医院的副院长——陆远。陆远今年38岁,今年初才被提拔为副院长,也是本院最年轻的副院长。

在联合医院,陆远是小有名气的,这不仅仅是因为他是本院有史以来最年轻的副院长。现年38岁的陆远早已结婚,由于他平易近人,外形看起来比实际年龄年轻很多,又阳光帅气,和一般的中年男人截然不同,因此非常招医院里的女医生和护士们喜欢。不过在院里,陆远从来没和任何人传出过什么绯闻,他的洁身自好在院里也是出了名的。

看着手中的资料,陆远陷入了沉思。他明白,这个康龙的李总是惠生院长的关系,自己不便得罪。下月医院公开招标设备的事这几天卫生局就要批下来,李总的动作还是挺快的,看来是时候约他见个面了。

惠生院长是自己的顶头上司,平时为人正直,说话直来直去，办事雷厉风行。他中等身高，身材微胖。52岁的他满头白发，显得比实际年龄还要大些。提拔自己时他也是投了赞成票的，而且提议自己负责医院的成本绩效管理、医技后勤科室及对外协调工作。另分管经审科、功能科、检验科、设备科、放射科、CT核磁室、病理科、总务科工作。等于是把医院最肥部门都给了自己，此时此刻的陆远心里非常明白自己应该怎么报答他的知遇之恩。

"还有这几个文件请您签一下。"张晓又递给他几份文件。

"行了，赶紧去通知吧。"陆远的思路被打断了，他有些不耐烦地签了文件。

"好，我马上通知！"张晓感觉陆远今天和平时有点不一样，她小心翼翼地看了陆远一眼，赶紧拿着文件带上门出去了。

这些事情自然不方便让文员知道。张晓刚离开，陆远就拨通了康龙医疗设备公司的老总李显的电话。

"李总你好，我陆远。"

"陆院长啊，你好你好！"电话那头的李显非常热情。

"你的材料我已经收到了。是这样，你看我们什么时候见个面吧。"

"行啊，我看陆院长的时间，什么时候都可以。"

"行，那我们电话联系吧。"

挂了电话，陆远略微沉吟了一下，又拨通了惠生院长的电话。

"惠院长您好，我是陆远。"

"嗯，陆远吧？我正想找你呢，那个康龙李总为招标的事找你了吧，人情上他是个朋友，但是招标这类敏感的事处理不好，容易产生流言蜚语，你还要把握大原则，不能因为是我的朋友就照顾。"

"您放心吧！这事我会处理好。"

"好,你办事我放心。就这样吧,过几天我就出差回来,有什么事咱们电话联系。"

挂了电话,空旷的会议室陷入了一片寂静。其实惠生院长的交代也在陆远的意料之中,这种事情惠生是老狐狸肯定既推荐了他的人还要摆出高姿态,看样子以后自己还是要向他多学习学习。

早上这个电话是必须要打的,自己刚升为副院长不久,羽翼并未丰满,日后很多工作还需要惠生院长支持,惠生李总那边,也不便得罪,见个面谈一下比较妥当。谁当这个副院长都会这样干,李总也明白虽然他是惠生的关系,但是招标工作具体负责是自己,自己这份他也是少不了的,其实这么多年,这类事情陆远已经做得轻车熟路了。自己才上任,保持谨慎的态度是比较明智的。

陆远坐在椅子上,端起茶杯喝了一口茶,看了看手表。离开会的时间还早,陆远打开手机微信。

微信上有一条 QQ 离线消息,留言的人叫"满山红"。

"时间定了么?什么时候来丽江?"

陆远打开了"满山红"的对话框。

"定了,一周左右吧,到时候联系。"他看着"满山红"的留言,一脸笑意回复道。等了几分钟,对方没有回音,陆远便关掉了微信。他随意向四周看了看,会议室门口的书报架吸引了他的注意力,陆远走过去,抽出了今早才送来的《滨河早报》,打算消磨下时间。随着视线的扫动,突然,他的眼睛死死盯着报纸角落上的一条不怎么起眼的滨河市公安局岚山区分局发出的"协查通报"满脸都是震惊。

9月18日晚19点,滨河市岚山区枣庄友谊路西小树林发现无名女尸,约四十岁左右,烫发,身高1米65,体态丰满,背部下侧有蝴蝶样文身,临死前身着粉色连衣裙,希望认识死者的读者联系警方或者拨打本报新闻热线。对提供线索的个人,滨河市公安局岚山区分局将给予奖励。

刑警队王娜警官电话:016-8737858　189892900111

看着报纸上死者的照片,陆远深吸了一口气,然后缓缓地吐了出来。这不正是自己的网恋对象"侬梦"吗?30多岁,身高1米65,体态丰满,家住在枣庄友谊路附近,而且她的背部也有蝴蝶样文身!难道死者真是"侬梦"?陆远一时间不敢相信自己的眼睛,立刻掏出手机拨打了"侬梦"的手机号,但是没有打通,语音提示对方已关机。

陆远斜靠在椅背上,他简直不敢相信这个事实。

记着那是一个周末,火炉的温度肆虐地蹂躏着滨城。那天很清闲,陆远在办公室百无聊赖地挂着QQ,和侬梦聊着天。那天两人聊了很多,也涉及到了性。在网上和没有见过的女人聊天这种事,陆远已经是老手了,他总是找那些空虚寂寞的女人,因为这样的女人心扉最容易被扣开。凭着他幽默机智的谈吐和对女人心理的了解,他轻易地就走进了"侬梦"的心房。"侬梦"由于婚姻的不幸福,想放纵自己,但是又很害怕,最后的那道心理防线还没有突破。听到这里,陆远就知道机会来了,凭他的外表和谈吐,陆远有把握将"侬梦"拿下。他不失时机地和她相约一起喝下午茶。于是,在约定的时间,约好的地点,两人见面了。

"侬梦"的身上,既透露出东方淑女的气质,又不失时尚。虽然年近40但风韵高雅,保养得很好。1米65左右的身高,皮肤很白,头发和服装都很讲究,是精心打扮过的,她属于那种很会打扮的女人。见到她,你不由自主地想多看她几眼。她穿着短袖衬衣和裙子,衬衣领口开得有点低。丰满的胸脯,浑圆的肩头,和翘翘的、又圆又大的屁股,看着她,陆远的心中充满了欲望,真是一个尤物。

从茶秀出来,就顺理成章地去了她的住处。虽然是两室一厅的租住单元房,但客厅中央的山水画尽显主人的格调。她没告诉陆远自己的真实姓名,因此陆远只知道她刚离婚,曾经是一名英语教师。她孤身一人来到滨河市后一直靠积蓄生活,这是她离婚后租住的民房。是为了远离伤心地还是为了见他?陆远不得而知。

她亲自下厨为他炒了几个拿手菜,这个时候,她从刚才那位淑女变成了厨娘。在她的要求下,从不喝酒的陆远也喝了一杯红酒,她的理由是喝点酒有气氛。

她坐在床上,陆远坐在沙发上,两人轻松地聊着,虽然此时陆远内心的欲望已经燃烧,但他还是在等待机会。终于,机会来了。在给她拿酒的时候,自己抑制不住内心的激动,把手扶在了她滚圆的肩头上。她明显颤抖了一下,但没有躲闪,也没有回身。她浑身散发出一种淡淡的香气。陆远的心跳得厉害,把头俯下去,靠近她的头发,深深地呼吸,闻着她淡淡的发香,女人香,轻轻地吻着她的脖颈。当他的唇触到她滑润的肌肤时,陆远的心完全醉了。她的呼吸急促起来,靠在了陆远的身上。陆远把她扳过来,两人略一对视,就紧紧地拥抱在一起。当她细碎的银牙轻轻咬在陆远肩膀上的时候,她忽然产生了一种想哭的冲动。陆远分明看见,侬梦的眼睛已经哀怨分明。他不忍心看到她即将坠落的泪珠,用嘴轻轻吻了上去。

她居然真的乖顺得像一只狐,用炽热的温情回报着陆远的爱抚——那是一场没有言语的春晓,就在她家的卧室,侬梦倒在了陆远的怀抱!"侬梦"背部的蝴蝶文身仿佛活过来一般在和陆远翩翩起舞。陆远惊讶于她的成熟的弧线,像极了传说中的那一轮新月。陆远的手深深扎进水里,去捞取那幻想境界的真实……

陆远当时想,如此典雅的女人,怎么可能随便和一个只见了一面的男人就……她垂下眼睑,默默无声。他明显地读到她隐藏在内心煽动的那股寂寞。这个充满智慧的女人,从网络上走下来的淑女,他叹道原来每个离过婚的女人婚姻生活都是一个故事。

"侬梦"终究还是告诉了陆远自己的真实姓名——江婧。相应的,陆远也告诉了她自己的名字。那次见面后,两个人又见过几次,但是陆远的网友又何止江婧一个呢!时间长了,他对江婧渐渐地也就失去了兴趣。这个时候,"云和月"出现了。

自从和"云和月"见面,陆远就开始逃避"侬梦"。她再找自己时就不像以往那样热情,接她的信息多了就回一个字"忙"。她有时候真的忍不住了就给手机发短信,他就不回,避无可避了就说最近工作焦头烂额的,没心情回信息,闲了联系聚一下,事实上从来没有主动再联系过她。

陆远在一般不想和网友再有任何关系时就会找一个借口与她分手。这种时候,他还有些后悔和她把关系发展得太深,弄得自己疲于奔命。最好是她没了耐心一走了之,有时候利用这种心理还能让对方觉得很对不起自己。他有自己的底线,不管怎样也不会影响自己的家庭和工作。

有一次他随意翻看好友记录时发现自己和侬梦已经有很久没有联系了,当时他没有难过反而有一种解脱的感觉,这正是他想要的结果。

"兔子不吃窝边草",这是他的原则。和工作生活中的女性同事和女性朋友交往,他的表现可以说是完美的——彬彬有礼而又和蔼可亲,时不时还带着些幽默。是的,这就是陆远。

滨河市的治安相对来说还是很不错的,这种发生在人们身边的案件很快就会引起普通民众的注意。现在警方正在查找死者的身份,陆远现在已经完全确定死者就是她。他原本考虑可以给警方打电话过去,至少也可以提供江婧的真实姓名和住址,这些信息对破案来说是很重要的。可是如果真的是江婧,那她和自己网恋的事或许会被曝光,以自己在联合医院的地位,这绝对会搞得满城风雨。到时候和老婆薛娟怎么解释?和同事朋友们怎么解释?一瞬间陆远很纠结,自己和"侬梦"约会,警方完全可以从双方通话记录中查到自己,到时候该怎么说?

"不是自己不愿意帮忙,只是没法帮。"陆远暗自下了决定。如果有警方打电话问自己,就推脱掉干系。

陆陆续续进入会议室的人打断了他的思绪,墙上的钟表已经指向了8点50,开会的时间要到了。陆远只能暂时把心事放在一边……

3 喜欢,就永远都不要停

傍晚,大街上车水马龙。

陆远的家在联合医院家属区,离医院有大约半个小时的车程。自从在报纸上看到了"侬梦"的消息,陆远一整天都心神不宁的。这种精神状态没法工作,恐怕还会被别人看出什么端倪来,所以还不到下午五点,他便随便找了个理由就提前下班离开了。

离开医院后,陆远并没有回家的意思,他直接驱车驶往了滨河南岸的滨河公园。此时是晚上 6 点,他在公园里呆坐了一个多小时。

傍晚时分,虽然天还没有黑透,但是滨河两岸的景观灯已经打开。昏暗的天色下,河面仿佛轻披着一层薄纱,朦朦胧胧。其间点缀着星星点点的光线,映着粼粼的波光,让人感觉很不真实。

陆远静静地坐在河边的长凳上,双眼无神地盯着眼前的水面一动不动,他无心欣赏这黄昏的美景,他在思考。

整整一天,"侬梦"的蝴蝶文身不时地在路远的眼前晃动,他知道现在警方正在查询死者身份,那就可以判断"侬梦"临死时手机已不在身边,更没有发现她生前的住所。从和"侬梦"之前的接触中,他知道她在滨河市一直没有工作,也不太可能有仇家。那么,只有一种可能——

约其他网友见面后被抢劫灭口?

这个时间,天气已经不那么炎热了,可是想到这里陆远居然惊出了一身的冷汗。微风吹来,让人一阵阵地发冷。

陆远突然站了起来。他如梦初醒地环视着四周。这个时间公园里没有什么人了,岸边的树木在昏暗灯光的映照下看起来影影绰绰的,有些吓人。那些白天看起来无比可人的绿色这时变得暗淡了,仿佛里面掩盖了许多不可告人的秘密。陆远突然很想回家,结婚以来,这种感觉从来没有过。

在记忆中,陆远在婚前和妻子薛娟只接触过一两回。当时两家的大人在一起吃饭,记着那时薛娟还很腼腆,和自己并没有说几句话。在那个时候,老人们都认为感情是可以结婚后培养的,因此自己在大学毕业进了医院后,不到半年就和她结婚了。结婚前,两人甚至连手都没有拉过。在陆远看来,这种没有经历过恋爱阶段的婚姻是缺乏爱情忠诚度的,至于婚姻的责任那就自然成了外界的枷锁,特别是在这样一种开放多元思维泛滥的年代里,如此枷锁极容易成为秃子头上的虱子,越是引人注目就越是痛痒难忍。

平心而论,妻子薛娟虽然不是很漂亮的那种,但也并不普通。她1米6的个儿,留着一头齐肩栗色的长发,皮肤白皙,笑起来还会有两个浅浅的酒窝,结婚这么多年了,她给人感觉一直都是四月里和煦的春风,文静而清雅,有一种很安静的气质,平淡中让人始终不忍心打扰她的安静。她永远都没有惊人的举动,只会在天气变凉时,提醒自己——多穿点衣服,小心感冒。

这么多年,周围的同事和朋友一直都很羡慕他们,说他们是金童玉女的组合。薛娟一直对陆远很信任,但是陆远并不认为这种信任意味着自己对她就该回报以爱情。陆远一直很庆幸有这么好的老婆,他对薛娟一直都以"娟儿"相称,娟儿对自己和儿子子轩也一直照顾得无微不至,他知道薛娟很爱他,但他总觉得对薛娟的感觉更多的是对家庭的责任。娟儿很优秀,但是他并不爱她。他觉得这段婚姻开始就是个错误。现在在这个家,连接陆远和薛娟的纽带就是儿子陆子轩,陆远为儿子的成长付出很多心血,他会在雨中站立几个小时等着接上兴趣班的子轩,也经常带儿子出去玩。子轩很爱他这个父亲,他能感觉到。同样,他也会因为娟儿突然得病而鞍前马后,更会为娟儿的亲朋好友上学就业求人托关系,在她的家人和外人面前绝对是一个好丈夫好男人。但是陆远知道,他的心从未在娟儿这里停留过。他爱儿子陆子轩,他也喜欢娟儿。然而他始终认为,他对娟儿不是爱。

　　有时候陆远会想,女人难道真的这么傻么?难道薛娟压根儿看不出自己对她,甚至连婚姻的疲惫期都算不上么?还是因为自己太会演戏?这段婚姻,对他来说在刚开始的第一天便已经死了,但"家庭"则是另当别论。对他来说,"家庭"是一件很安全很合身很随意的贴身背心,甚至,家庭对他在某种程度上是一种保护伞,像他这个年龄的男人,有家庭、孩子才算是正常的。如果他到现在还处于单身状态,那么,在大家眼里,他就是不正常的。只有依靠家庭这个保护伞,他才能正常地融入这个社会中,到目前为止,他并不想改变这一点。陆远知道这是自己的问题,他思考过,就算他当初没有和娟儿结婚,而是和另外一个他爱的女人在一起,那么现在他会怎么样?答案是肯定的,他依然可以面不改色地对她说:我一生中最爱两个女人,一个是你,另一个是我妈。然后依旧在茫茫人海中寻觅着被称之为高尚的爱情,但骨子里却是一幕幕黄色的插曲。

　　陆远不会去那种下三滥的地方,那样既不安全又不健康。找一个安全又不花钱的女人,只需穿一件"爱情"外衣,丰富的感情世界就得到了充实,性的问题又解决得游刃有余。通常这样的女人都是受过一定教育,有一定涵养的女人。这样的女人在乎的不是你给他多少钱,而是你给他多少爱,换句话说,她们要的是:感觉。只要你给她们"爱情",她们就会为你奉献身体,而且是不求回报地奉献身体。他的字典里有这样一句话:"其实,就算不遇到你,我也会与其他的女人一见钟情。"陆远也并不是对外面的红颜知己没一点感情,也会时时地想着她,出差在外会买上一份礼物。在家里也常常真的因某个网友而对妻子心不在焉,这正是陆远要的感觉。他希望在稳定的生活状态下,增加激情,使生活多姿多彩起来。陆远觉得,只有这种感觉,才能让他觉得自己还很年轻,让他经常保持旺盛的精力和良好的状态。

但是,现在"侬梦"的事,让陆远看到了危险。

他真的爱"侬梦"吗？他问自己,答案是否定的。对他来说,"侬梦"不是第一个,也不会是最后一个。他从来不会在同一个女人身上倾注太多感情,这是很不安全的。在他看来,希腊神话中的那种为了一个女人去攻打一座城池的行为非常可笑,他无法理解,因为他永远也不可能毫无保留地抛弃一切爱上一个人。

"不能再想了,"陆远提醒自己。生活还要继续。他说不清楚"侬梦"的事到底触动了他怎样的心弦,但是这段时间明显不适合再和其他网友见面了。

陆远整理了一下心情,快步离开了公园,现在的他想抛开这一切,抛开"侬梦",抛开"侬梦"的死带给他的心里震荡。从看到"侬梦"死的消息那一刻起,这则消息就像一条细绳勒上了他的脖子,他自责、后悔,又觉得懊恼,怎么偏偏就让自己碰上了？胸腔里仿佛有一只手把五脏六腑都揉了一遍,让他坐立不安。他现在想努力挣脱掉这种情绪,他现在最需要的是家给他的那种安定的感觉。

陆远开车回到医院家属小区的时候,还不到七点。因为陆远平时工作比较忙,经常会回家很晚,今天反而是比较早的,妻子娟儿也不会感觉有什么不正常。进家门前陆远还刻意用手指拢了拢被河边的风吹得有些凌乱的头发,然后掏出钥匙打开了房门。

刚进家门陆远就闻到了一股熟悉的饭菜味道。看着忙碌中笑着和他打招呼的薛娟和刚坐在饭桌上的儿子子轩,他忐忑一天的心终于真正平静了下来,然而再次浮上心头的却是隐隐的内疚感。他摇了摇头,似乎想把这种内疚甩出脑袋一般,之后他自嘲地笑了笑。薛娟把陆远这种奇怪的举动看在眼里,不由得看着他问:

"怎么了?"

"没事,今天工作很忙,有些累。"他回答的面不改色。

"哦,那吃完饭就别上网了,早点休息。"薛娟关心地走过来摸了摸他的额头。

"嗯,没事。"陆远拿下了薛娟放在他额头的手,顿了顿,罕见地亲了一下她的脸颊。

薛娟的脸立刻红了起来。

"你干吗啊,儿子还在这呢!"她娇嗔着埋怨了陆远一句,眼神里都是笑意。

"哈哈,亲我的好老婆一下,有什么不好意思的。"陆远也笑了,看了儿子陆子轩一眼。子轩这会儿坐在饭桌旁,正一边心不在焉地吃饭,一边悄悄盯着客厅里的电视机呢。

"讨厌。"薛娟一脸害羞,小声地嘟囔了一句,顺着陆远的视线望过去。

"子轩!好好吃饭!吃饭的时候不要看电视,妈妈说过多少次了!"薛娟的注意力立刻转向了儿子那里,她嗔怒地往客厅走去,准备关掉电视。但是陆远感觉到,她的脚步看起来都轻快了许多。

"女人,就是这么容易满足的生物啊!"陆远在心里暗叹。轻轻的一个吻,就能让妻子如此开心,看来,自己平时对妻子太缺乏温情了。

"看看晚间有什么新闻吧!"薛娟拿过遥控器,换到了新闻频道后回头笑着给陆远说。

欢迎回到滨河电视台法治新闻,这里是重播今早法治新闻,下面是昨晚本台记者赵旭在现场发回的独家报道。

"我是本台记者赵旭,现在是9月18日晚19点30分,我所在的地点是滨河市岚山区枣庄友谊路西小树林边,在这片小树林内发现命案,据说死者是一名女性,辖区公安民警迅速出警并保护了现场,下面让我采访一下命案目击者。

"老先生您贵姓?"

"我是张老丁,家住岚山区枣庄,今晚18点半左右,我像往常一样吃罢晚饭散步,经过枣庄友谊路西小树林时尿急,走进树林内后就发现了地上的女尸,没尿完就吓得撒腿就跑,随即拨打110报警。"目击者的张老丁先生一边说着一边用手比划着,一副惊魂未定的样子。

"案情的发展本台将继续跟踪报道。"记者赵旭、实习记者乔兵报道。

电视的下方出现滚动字符,"滨河市岚山区枣庄友谊路西小树林发现无名女尸,约40岁左右,烫发,身高1米65,体态丰满,背部下侧有蝴蝶样文身,死者身着粉色连衣裙,希望认识死者的读者联系警方或者拨打本报新闻热线。对提供线索的个人,滨河市公安局岚山区分局将给予奖励。"

本来已经准备去厨房洗手的陆远突然停了下来,他艰难地回过头盯着电视屏幕,这条新闻正是赵旭报道的,还有在案发现场拍摄的一些画面,好在并没有出现尸体的影像。薛娟仿佛也被吓到了,站在电视机前一动也不动。一时之间,房间里只剩下了子轩吃饭的声音和电视机中发出的声音。

"我不看新闻,快关了吧,这种新闻别影响到儿子。"陆远僵硬地笑着说。

"……好。"薛娟顺从地关掉了电视,她回过头,脸色煞白。

"你怎么了娟儿?"陆远注意到了薛娟的脸色。

"没事,我有些被吓到了。看来最近有些不太安全,你晚上回家也要注意别太晚。"看着陆远,薛娟的脸上恢复了一些血色,她下意识地回头看了一眼已经关掉的电视机。

"哈哈,别怕,有我呢。"看薛娟的样子,陆远勉强笑了笑。他走过来轻轻抱了薛娟一下,子轩在一边好奇地盯着他们看。

"你又乱来,讨厌!"薛娟的注意力被转移了,她抗议着。

"好啦,我洗手去。"陆远笑了笑,转身走向厨房,还顺便拍了拍子轩的脑袋。

吃完饭,薛娟在做家务,陆远就去辅导儿子做了一会儿功课,安顿好子轩后,他打开了书房的电脑。原本今天一天他都不在状态,刚才的新闻又勾起了他的不安,这样想早睡估计也睡不着吧。脑子很乱,他觉得自己需要休息一下。略作犹豫之后,陆远还是登了QQ。

刚登上QQ,他就看到一个熟悉的头像在闪动,名字叫"云和月"。

"在吗?"对方问道。

陆远没有做回答,他盯着这句话看了半晌,关掉了对话框。今天,他不想和她聊天。

QQ上同时闪动的还有"满山红"的回复:

"好的,到时候给我打电话。"

陆远想起来了,他早上给对方留言说过去丽江出差的事,现在他也没有心情说这些了。他直接关掉了QQ。

陆远在网上随意浏览着,11点的时候,陆远终于准备睡觉了。他关了电脑,起身走到客厅的时候发现薛娟还在客厅,她拿了一本书在看,但是眼神飘忽,似乎并没有看进去。

"怎么了娟儿?"陆远走到薛娟旁边,坐了下来。

"没事,感觉不困,看看书。"薛娟仿佛才注意到陆远一般,尴尬地笑了笑。

"不会还在想今天新闻里的那个案子吧!胆子怎么这么小,觉都不敢睡了。"

薛娟穿着睡衣,略带些栗色的长发披散着,她蜷缩在沙发上,手中紧紧抓着一本书,眼睛睁得大大的盯着陆远,那个样子真像一只受惊的小动物。

看着薛娟这个样子,陆远心中一软,他轻轻地把薛娟抱了起来。

"走,老公抱你去睡觉。"

那晚陆远主动揭开被子把薛娟抱进被窝。可能是因为内心有内疚感,也或许是想舒缓自己的心情,他一整晚都很缠绵,对她的身体激情的爱抚,薛娟好像知道他的心事般的非常配合。

"你好久都没像今天这样爱我了。"在陆远的身下薛娟喘着气说着。

"喜欢不?"

她突然紧紧地搂住了陆远。

"喜欢,永远都不要停,一辈子!"……

4 感到了解脱

看着QQ上那灰色的,始终没有动静的小狗头像,如歌轻轻地叹了一口气。她回头看了一眼钟表,指针才指向9点,这个时间他应该还没睡呀！难道今天很忙,还没有回家么？还是发生了什么事？如歌控制不住地胡思乱想着。

突然,家里的电话响了,吓了如歌一跳。

"您好,哪位?"如歌急忙跑过去接起电话,声音有些慌张。

"是我。今天晚上我这边有案子,回不去了,饭菜你先放冰箱吧。晓雪睡了没?"是丈夫吴畏的声音,声音中有掩饰不住的疲惫。

"好,知道了。晓雪已经睡了。"如歌定了定神,回答说。

"嗯,晚上注意安全,锁好门。"

"嗯,你也不要这么拼命……"如歌刚说了一句,吴畏已经挂断了电话。

不是吴畏不关心家人,而是他真的太忙了。

这天是19日,也是案发的第二天。早上队里刚就"9·18"案开完会,下午他就又接到了一个案子,要赶到距离滨河市以南20多公里的外的东畔村去,这个电话还是吴畏硬挤时间打的,话还没说完,下一个电话就过来了,他只能急匆匆地挂掉。对如歌，吴畏心里很愧疚，他知道这么长时间自己对这个家确实没有尽到什么义务。但是工作就是这样，他也没有办法。原本想着18号赶回滨河市后能好好陪如歌和女儿几天，但是连家门还没来得及进就又有案子了。

如歌没有想这些，她心中涌起了一阵阵的委屈，眼泪突然控制不住地流了下来。

她不知道是因为丈夫，还是因为那个QQ上总是没有回音的人。

夏如歌，今年33岁，是"如歌服饰"的老板，也是刑警大队长吴畏的妻子。

刚认识丈夫吴畏的时候，如歌是一个和现在完全不同的人。那个时候，"如歌服饰"还处于创业期。她每天奔走于各大商场之间，时不时地要远赴外地考察市场。那时候的她，根本没有心思谈恋爱。和吴畏的相识也是一场偶然。那时吴畏因为一个案子出差，和如歌刚好坐了同一趟火车，初次见面便被如歌深深地吸引。如歌并不属于传统意义上的美女，由于长期在外出差，她皮肤有些偏黑，但是一点也不影响她的美。狭长的眼眸，低沉质感的嗓音，狂野鬼魅的身材，漆黑如瀑的长发，浑身散发着独立冷傲的气质，颇有一分女强人的气场，她的出现瞬间折服了吴畏，他告诉自己，眼前这个女人就是自己寻觅的佳人。

如歌曾经问过吴畏，为什么会喜欢她，难道就因为她长得漂亮？吴畏当时回答说，"因为我觉得，你就应该是我的，只有我才能征服你。"就因为吴畏这句话，如歌义无反顾地嫁给了他。

婚姻刚开始的两年里，两人过得很幸福，平时白天都很忙，难得见面。晚上回家自然少不了各种温存。为了照顾这个家，在有了晓雪之后，如歌把"如歌服饰"的大部分管理权交给了合伙人，自己只负责一些行政上的事务，事实上基本上等于放弃了自己的事业。本以为这样，两个人就能多相处一段时间，没想到，老公吴畏在婚后第四年，直接提拔了刑警大队长。当上大队长之后，他的工作更忙了，十天半个月不在家都是常事。

如歌自小就是父母掌心里的宝，父亲夏仲是本地区有名的建材市场老板，母亲蔡桂花是市妇联干部，已经退休在家。虽然结婚时自己的父母就很担心，叫她慎重考虑。和刑警结婚，今后日子可能聚少离多，更别提刑警工作的危险性了。但恋爱时的甜蜜和年轻的冲动，吴畏的男人味儿和对她的细心呵护使她不顾一切，她始终坚信自己的选择是对的，他们会幸福的。恋爱的时候，只觉得有爱情就够了，那时，怎么也不会想到，一直认为是至死不渝的爱情也会有时过境迁的时候。那个时候，爱情的力量太强大了。

现在结婚后一个人带孩子，有烦恼和困惑时总是一个人扛，如歌并没有什么怨言，因为这是她自己选择的，她不想让父母觉得她过得不幸福，每当父母打电话过来的时候，她都说自己很好。但是每次挂掉电话，心里都会越来越空。

现在，她每天去上班也没有太多事做，她越来越怀念自己当初为事业而奋斗的日子，那时的她自信、坚强，一举一动都和现在截然不同。但是她也知道，自己已经回不去了，多年的家庭生活消磨了自己的意志，日子久了她反而习惯住在这样的玻璃房子里，她的眼神中再也没有了当年的神采。

百无聊赖之下，她开始迷恋上网，聊QQ。

如歌的QQ号，网名叫"云和月"。她想让自己的生活像云彩一样的自由、像月光一样闪亮。有了网络的生活，确实带给如歌不一般的感受。在这个虚拟的世界里，不用刻意地隐藏自己，可以畅所欲言，可以大声地笑，也可以大声地讲，没有人会去理会，你想得对不对，你讲得好不好，只要你愿意，什么都可以。被束缚的思想在这里可以尽情释放，没人认识你，没人知道你，一切都是虚幻的。如歌的心如同被放飞的风筝，在风中自由地飞翔着,好像她又变回了当年的自己一般。

　　自从迷上了网络,每天晚上如歌除了上网再也不想干别的事,生活从此不再单调。在这里她找到了久违的激情,可以任意驰骋于网络空间,更可以任意挥发自己的想象。尽管大家都不知道对方是什么样的人,但还是聊得很开心。后来,在网上她会用有分寸的玩笑释放苦闷,聊着聊着,她似乎就忘记了自己的烦恼,但是下线后,生活还是在继续,问题也依旧存在,却没有人给她确切的回答,对比于网上的热闹,下线后的生活显得更加空虚无聊。于是,她更加迷恋上网,更加迷恋那种逃避的感觉。以前她只局限于和认识的人聊天,慢慢地,发展到和一些素未谋面的人相互交流、调侃,还会把自己的心情糗事放在手机微信上晒一晒。没过多久,她已经熟练地掌握了各种聊天工具,自由地穿梭于各个聊天室和论坛之间,能随心所欲地利用网络传达自己的感情和生活状况,聊天看电影也已经非常熟练。

　　这个虚拟空间也是一个"爱情"泛滥的地方,对"云和月""感兴趣"者不乏其人,也曾有一些男人赤裸裸地表达爱意,对付这些无聊的家伙,她有时候婉言拒绝,有时候装傻充愣,有时候假意迎接装作动心的样子,一切以自己当时情绪而定。她喜欢和这些无聊的男人玩这种无聊的游戏,在这种真心或假意的被追求中,她能让自己如死水一样的心湖偶尔泛个波澜,给百无聊赖的生活加一点调味剂。虽然经常各网友聊得火热,但她也把持自己的原则,那就是不和网友见面。老公吴畏曾经给她讲过很多网络犯罪所造成的恶劣后果,劫财劫色都算是轻的。所以不见面的好处很多,至少可以感觉比较安全,也可以让她充满着想象:"电脑那边的人是什么样子?博学、幽默、英俊?我会把他往很好的方向想,他一定是个博采各家之长的成熟男士……"

　　自从有了网络,她变得越来越喜欢老公有案子出差,当家里只剩下自己和女儿的时候,如歌感到了解脱,这种喜悦和轻松是发自内心的。有时,她也会为自己竟有这种想法而吓一跳,进而心里觉得很愧疚,觉得有这种感觉很对不起自己的老公。但这种愧疚随着她坐在电脑前便如没有下成雨的乌云一样,在电脑屏幕蓝光的照射下散得无影无踪了。有时候如歌也很矛盾,害怕自己偏离原有的生活轨道。随着时间的流逝,她慢慢地明白婚姻不能使女人变老,却使她从一个少女变成了少妇,就像童话里一样,从人女变成了人妻,她是少妇了,她要做一个成熟漂亮的俏少妇。在别人的眼里她和老公永远都是幸福的一对,他们还经常给离婚的朋友现身说法。

有时候她也会感到害怕,结婚9年了和老公吴畏之间没有了激情,这个和自己同床共枕的男人为什么变得越来越陌生,和他做爱也越来越像例行公事,自己不明白原来刚结婚时的激情到哪里去了。她开始感觉到每对夫妇之间都有只属于两个人的"潜规则"。这种"潜规则"作为一种经验的累积,为彼此带来了许多欢娱。但是当有一天大家熟悉得燃不起新的激情时,也许就到了该"犯规"的时候了。如歌发现,不能把家庭当成你的整个世界,当你只顾节俭操劳而变成黄脸婆的时候,当你把老公孩子照顾得无微不至,而自己却日渐不再讲究时,当你不再注意自己的形象,身材开始走形时,那个男人只会厌倦,感激永远不能成为爱情……

如歌拭了拭眼睛,这些年过来,自己真的变了,如果被以前的自己看到掉眼泪,一定会被嘲笑吧!怎么会哭出来呢!

如歌给自己倒了一杯水,重新坐回到电脑旁边。

那个蓝色的小狗头像依旧是灰色的,看来他今天真的没上线吧!如歌无意识地翻着QQ名单,突然想起了自己见的第一个网友——"风笛"。

那次,真对一个叫"风笛"的家伙动心了,他主动对她示爱,情意绵绵,并向她交代了自己的真实身份和联系方式。他也算是成功人士,在一家房地产公司做副总经理,今年42岁,并恳切地询问她芳龄几何,现在在哪工作。她也真的告诉"风笛",自己今年33岁,是做服装的。她本来想玩个失踪算了,但在好奇心驱使下来了兴趣,聊了这么多天,她也想见见这位含情脉脉的副总究竟何许人也,姓甚名谁,她安慰自己,只是去见一下而已,又不会和他发生什么。这个时候,情感战胜了理性,吴畏给她的警告已经被她抛天边去了。

现在她回想起来,第一次见网友的时候,内心里那种期待浪漫邂逅的激动是难以形容的。约会是对方先提出来的。那天下午,如歌在南京路夜语茶艺和"风笛"见面了,她还特意换上一身红色的碎花连衣裙,更显得婀娜多姿。

见面之前,如歌总是想象着对方稳重得体的形象,两人是如何的谈笑风生。她如坐针毡般地等待着,完全不像一个30多岁的少妇,仿佛一个十七八岁的姑娘第一次约会时的忐忑。没承想,见面之后她大失所望。她眼前这个叫"风笛"的男人,秃顶、矮胖,还大腹便便,实际年龄有50几岁了,与在网上描述的42岁风度翩翩的样子相差甚远。如歌的心瞬间沉了下去,她总以为,心灵相通才是最重要的,但看着面前的"风笛",她明白,一个人的外貌与爱情是有很大关联的,尽管她以前不认同这一点。她走上前礼貌地和他打招呼,想着和他在网上聊天时自己所讲的那些黄色笑话,一抹红润悄然浮现在她的脸庞。他基本上已经可以做她的叔叔了,她却对他说出那些近乎疯狂的心里话……

现实本来就已经很奇妙了,想不到网络世界之中更加奇妙。

"风笛"似乎明显地察觉到了她的不屑,小心翼翼地问道:"喝点什么?"

她客套地说:"谢谢,都可以。"

一壶茶,外加几碟精致的小吃,具体都是一些什么,现在她确实已经忘记了。印象中好像有一盘腰果……

包厢门被年轻的女服务员轻轻掩上的时候,如歌明显感到淡红色的灯光下,双方的脸色都开始微微发烫。"风笛"并不傻,从如歌见到他那一刻,眼睛里流露出明显的失望神色,他就明白了,他们之间根本不可能发生什么,尤其是像梦幻中期待的那些情节。

接下来他们谈了许多有关网络的话题,"风笛"还向她介绍了他老婆的身份,不过现在她也已经彻底忘记了。

那天下午,他们就那样面对面坐在包厢里,尴尬地说着一些无聊的话题,她第一次感到度日如年。一个小时后,她提出有急事要办回头再约,就落荒而逃了。没有礼貌中的握手,更没有想象中的拥抱。

如歌的第一次网络约会,就这样匆匆开始,匆匆结束了。

回来后,她悄悄删除了"风笛"的手机号码。和他见面之前打情骂俏的那些浑话,也逐渐在她的脑海中淡忘了。这事对吴畏更是一个字也没敢提过。

从此以后,如歌在网上变的比原来要谨慎了很多,她不再不看对象就随便聊天,也不再轻易就和网友见面了。面对网上的那些挑逗,她选择以沉默来应对。

也许,"八千里路"并不是多么在意自己吧!如歌的目光又回到了那个蓝色的小狗上面。已经快 10 点了,他今天应该不会上线了吧?看着那个灰色的小狗头像,如歌心里一阵烦躁,自己一天都在怀着满腔的喜悦焦急地等待晚上这个时刻,等着那个灰色头像的亮起,但现在,她心里的期待正随着夜的加深而一点一点地散尽。她把鼠标移到了"关闭"的按钮上,但是却迟迟按不下去。

许久,如歌缓缓地移开了鼠标。她起身将水倒了,换了一杯黑咖啡。

家里静悄悄的,只有钟表走动的滴答声,静的外面偶尔路过的车辆的声音都变得很刺耳。晓雪已经在房间里睡着了。如歌去看了看晓雪,给她掖好被单,然后关掉了灯,坐在椅子上仰头看着黑漆漆的屋顶。

她一点睡意也没有。

真是讽刺啊!自己的老公这么晚不回来,一点都不担心,反而担心网络上的那个人。

明明已经决定不再相信网络了,可是现在的自己是怎么回事?

是啊,从什么时候开始,她变得这么在意"八千里路"的呢?

5 相识就在你我的指尖

记得那是一个夏日的午后,公司里的人都出去跑业务了,如歌坐在办公室漫不经心地搜索着各个网站,看看新闻,翻翻娱乐八卦、刷刷微博。房里开了一天的空调,有些气闷,于是如歌起身将窗户开了一半,刹那间,潮热的空气争先恐后地涌了进来,不到几秒钟的时间就占领了整个房间,房间里的空气变得更闷了。如歌赶紧把窗户关上,闷闷不乐地坐了下来,拿起了一本服饰类的杂志翻看着。

"滴滴滴",QQ上一个蓝色小狗的头像突然一闪一闪。如歌放下手中的书,略有些好奇地点击了下这个蓝色的小狗。

"你好。"礼貌而不失亲切,如歌的嘴角划起了一道优美的弧线。

"你好。"如歌回复到。

顺手翻开他的个人资料,"八千里路"这个网名跳入了她的双眼,如歌心里莫名地悸动了一下,这个名字和自己的"云和月",还蛮配的。他的个人说明也写的相当别致:相识就在你我的指尖!

如歌的心跳莫名地加快了速度,小脸上也泛起了一圈儿红晕,这是怎么了?如歌自己也解释不清,自己已不是小女孩,怎么会对一个陌生的男人有这么大的反应！就因为他的网名叫"八千里路"？两个人的网名加一起,正好是"八千里路云和月","满江红"里最经典的一句。如歌定了定神,和他聊了起来。

日期:2012-5-13　12:45:44

云和月:做什么的?

八千里路:在市医院工作。

云和月:医生?

八千里路:打杂的。你呢?

云和月:做服装的。

云和月:平时工作忙吗?

八千里路:忙!

云和月:有什么爱好?

八千里路:忙得连爱好都没有了,呵呵。

八千里路:你呢?

云和月:看书、听歌、喜欢旅游,偶尔下下棋。

云和月:不过只会五子棋,呵呵。

……

八千里路:陆远

八千里路:13963190181

云和月:告诉我名字和电话,不怕我是坏人吗?

八千里路:我相信自己的眼光。

八千里路:光顾着和你说话,我还没吃饭呢!

云和月:那你快吃饭去吧!

八千里路:好的,那下次聊。

呼!如歌轻舒了一口气。哪有第一次聊天,就把自己的姓名和电话号码给报出来的人呢!一瞬间,如歌甚至产生了给这个号码打电话确认一下的冲动,但是在下一刻,她又否定了自己的这个想法。说不定是个恶作剧呢!如歌轻轻摇了摇头。

"八千里路……云和月。"

如歌出神地想着,然后悄悄地笑了。

日期:2012-6-15 14:01:23

云和月:"怎么才上线呢?都等你半天了!"

八千里路:"刚回来,开了一天会,太忙。"

云和月:"照片呢?"

八千里路:在这呢!

云和月:"发来我看看。"

八千里路:还是别发了,我后天去丽江出差,回来请你喝茶。

云和月:"不可以。"

八千里路:"呵呵,好,现在就发。"

自从第一次和他聊天,以后的几天里,八千里路没事的时候总会找如歌说上几句。白天如歌在办公室里上网,所以总会把自己放隐身,而他好像知道一样,总能准确地找到她。很快的,如歌和他熟悉起来,也大致了解了一些他的基本情况:"八千里路"真名叫陆远,38岁,医科大学毕业后一直在本市联合医院工作,今年还被破格提拔为副院长,而且还是当年的理科状元,(一度让如歌佩服得了不得)。他的老婆是滨河市新城区财务局干部。儿子9岁,南京路小学3年级1班,更是陆远的心头肉。陆远的学识很广,含蓄而幽默。几次聊下来,如歌总觉得他身上有一种魅力时刻在吸引着她:这是一个稳重、成熟、有品位的男人。

和与"风笛"聊天的感觉不同,如歌总是感觉自己在和陆远聊天的时候很被动。虽然一开始是陆远主动联系的她,但是现在如歌和陆远说的每一句话都要字斟句酌半天。如歌发现,每次不管她再怎么掩饰自己的想法,在陆远面前,一切总是变得赤裸裸,清晰明了。

那天晚上,吴畏又没有回家。陆远也在医院加班,两个人聊到了爱情。

"我问你一个问题。"陆远问道。

"你说。"如歌回复到,她心里有些莫名的紧张。这不像是陆远说话的习惯,她本能地以为发生了什么事。

"你觉得,一个人会同时爱上两个人吗?"

"为什么这么问?"

"你回答就好。"陆远不紧不慢地回复。

如歌停止了打字,她靠在椅子上,习惯性地望着天花板。一缕柔软的黑色长发掠过她长长的睫毛,有些痒,但是她没有理会。

在认识陆远以前,她觉得自己不会。虽然她已经分辨不清现在对丈夫吴畏到底还有没有感情,但是她始终坚定地认为自己的老公才应该是心里的唯一,这里不应该,也不能再放下另外一个人。

但是对陆远,她说不出这番话来。

"?"陆远发了一个问号过来。

"我正在思考你说的这句话。"

"呵呵,你思考,其实就意味着你告诉了我答案。"

"你说过,爱这个词,不能随便乱用。"

"呵呵。"

"你看,我又记得你说的话了。"写到这里,如歌有些小得意。

"你好好回答,我是很严肃地问你这个问题的。"

"也许……会吧。"停顿半晌,如歌打出了这几个字,她的心跳得很快。

"喜欢和爱,真的是不一样的。一个人的心里可以同时放两个人,但是一个是喜欢,一个是爱。"

隔了几秒,陆远回复了一个笑脸过来。

"你问这个是什么意思啊?"如歌追问道。

"以后你就知道了,我要去忙了,下了886。"

如歌盯着电脑屏幕,怅然若失。这个可恶的"八千里路"!

在生活中,女人总是比男人要长情的。陆远问的这一番话,让如歌细细地品味了很久。

如歌并不是一个滥情的人,甚至可以说,她是一个很传统的女人,也是大学毕业,受过高等教育的知识女性。然而,婚姻的出轨和受过教育程度及出身是没有关系的。与电视剧里常演的"小三"不同,如歌认为她和陆远之间是纯洁的,是没有利益关系的,她很喜欢这种感觉。因为喜欢,所以她并没有去抗拒。她天真地以为这不是爱情,但是潜意识中,陆远就这么一步一步走到了她的心里……

客厅里时钟报时的声音将如歌从回忆中惊醒了过来,已经是午夜12点了。她居然傻傻地坐在电脑跟前发了近两个小时的呆。桌子上的黑咖啡已经凉了,她一口都没有喝过。

QQ上,陆远依旧没有动静。如歌静静地站了起来,她没有关QQ,而是直接关掉了电脑。

"八千里路"与"云和月"的偶遇已是一种难得的缘分。不论如何,她一定要搞清楚他到底是怎么想的!

一夜的失眠,并没有影响如歌的早起。可能是昨晚做出的最后决定,让她精神百倍。

到了单位,把手头上要紧的事先都处理好后,如歌拿出手机,准备要给陆远发短信。她想以短信来决定是否还要和他联系。

可是说什么呢?前段时间该说的也都说了,问候版的、询问版的、甚至到最后埋怨版的,都一一发过了,他都一律没有动静。还要跟他说什么呢?

为什么在他面前,自己会变得这么没有主见了呢?甚至觉得自己简直就是个难缠的怨妇了!

如歌在心里骂着自己没用,这么没出息!明知道不应该再打扰他了,不应该再去影响他的生活,可自己又说服不了自己,还要坚持做下去。

那就最后再发一次短信,最后一次,如果他要是仍然不回复,那就彻底地把他忘了吧,就当从来没遇到过他。

"以后我不打扰你了,保重!"如歌把这条算是再见版短信发出去后,心就一直在七上八下,眼睛一直看着手机。怕收到回复是他的一句"好!",又怕他根本还是和以前一样没声响。

手机响起,是条短信:"这段时间忙,让你担心了!"陆远的回复。

看到内容的一刹那,如歌悬着的心终于放下了。原本抿着的嘴角在看到短信的同时也开始上扬,心开始跳跃。原来他很忙,虽然理由很牵强,但也算给她个答复了。

爱从来都是因欣赏而珍贵,一句话、一个眼神、一个微笑,就足以让她满足。哪怕这些都是勉强的,可又有什么关系呢?

如歌打开电脑,找到陆远的小狗头像,还是灰色的,很久没见他上线了。

云和月:"终于肯给我回复了吗?"如歌给他留言。

一杯咖啡在她留言5分钟后飘来。

云和月:"在躲着我吗?"如歌的口气有些强硬。

八千里路:"呵呵,没有。"

八千里路:"太忙!"他还是那样的不紧不慢。

云和月:"别总太忙了,注意身体!"

如歌的口气明显地缓和下来。

八千里路:"明白。"

云和月:"前几天上传了几张我的照片。有空看看。"

八千里路:"好。"

……

八千里路:"密码?"

云和月:"WARG."

……

八千里路:"看到了,很精神。"

云和月:"知道 WARG 是什么意思吗?"

八千里路:"?"

云和月:"猜猜?"

八千里路:不知道。

云和月:"是我爱如歌的第一个大写字母,呵呵。"

云和月:"你爱吗?"

……

等了十分钟,没有回复了,如歌眼看着他的头像又重新变成了灰色的。不想回答吗？失望、沮丧让她的心急剧的下沉。这个问题是她酝酿了好久的,现在,她以开玩笑的口吻试探地抛出了这个问题。不爱就不爱,也不用一句再见也不说,就下线吧。

云和月:"不想回答就算了!"如歌有些生气。

小狗跳跃。

八千里路:"刚接电话。"

云和月:"问你问题呢?"

看他出现了,如歌的心又开始剧烈活动起来。真是奇怪,一向稳重的自己怎么在他的面前而变得这么情绪善变呢。一直觉得自己还算理性,最近怎么这么多疑、纠结,现在还非要在这个爱不爱的问题上一定要问出个答案。

……

云和月:"又接电话?"说过一句话,他又没了动静。

八千里路:"在找答案。"

云和月:"问你爱如歌吗?"

八千里路:"爱。"

云和月:"呵呵。"

这时候如果旁边有人的话,那么如歌脸上散发的笑容足以感染到在场的每个人,那种从内到外的开心,像花朵般绚烂。如歌也知道,陆远可能只是一句敷衍的话,但即便如此,看着对话框里的那个"爱"字,她还是异常欢喜,仿佛这个字真有爱情的温度,隔着屏幕,向她传达着爱的气息。

如果这时候陆远能看见如歌的话,那他一定也会被感动。

即使到现在他们还没有见过面。

6 凶手是熟人

枣庄友谊路小树林发现女尸的消息很快便通过各种媒体传遍了整个滨河市，一时间百姓们议论纷纷，人心惶惶。新闻播出后，一直没有新线索，案件暂时陷入了僵局。由于案件性质比较恶劣，"9·18"专案组成立后，各级领导就下了命令要求尽快破案，令原本对此事就倍感压力的刑警大队更感觉被压得喘不过气来。

吴畏已经连轴转了很多天。那天刚从外地赶回来就碰到这个案子，之后一直没有回过家，晚上就和衣在办公室凑合几个小时。几天下来，他一双眼睛布满了血丝不说，整个人都可以用蓬头垢面来形容了。这天开完会，老马实在是看不下去了，想劝吴畏回家好好休息一天。没承想会刚一开完，吴畏就直接上五楼冲到了刑事技术室，老马撵都没撵上。

滨河市岚山区岚山分局的刑事技术室属于一级刑事科学技术室，这里的房间是整个公安局最大，也是设施最完善的。走道的外墙上，"物证如山"几个红色大字静静地贴在那里，给人一种庄严肃穆的感觉。吴畏没有在技术室停留，直接去了走道最里侧的物证室。物证室是摆放案件物证的地方，房间里有很多柜子，柜子里分门别类地摆满了石头、毛发、烟头、血衣、木棒、碎玻璃、碗筷等等。刚走到门口,吴畏就看到里面正有几位技术人员正在忙碌地工作着,其中一个娇小的身影尤其引人注目。她正是在整个滨河市都小有名气的女法医刘若怡。

刘若怡今年35岁,虽然已届中年,但是从她身上看不出岁月的影子。她从事刑侦技术已经有些个年头了。法医这个行当,经常和尸体打交道,在大家看来,一般女性基本不会从事这个行业。但是刘若怡却不同,她已经先后参与、协助侦破各类刑事案件300余起。工作的时候冷静、细致、专业技术过硬,面对困难从来都是迎难而上。正是因为她的专业知识和这种工作精神,年前曾协助破获了一起重大凶杀案,在滨河市一下出了名。

此时,刘若怡正在认真地对案件提取物进行分类,完全没有注意到吴畏的到来。吴畏没有说话,一直等到她忙完了,才开口说道:"刘法医。"

刘若怡吓了一跳,回头一看,是吴畏。

"吴队,你什么时候来的?我太忙了,没有注意到。"她略带歉意地一边说,一边活动着长时间站立,有些酸痛的腿脚。

"呵呵,我看你在忙,不想太过打扰你。"吴畏笑了笑,"知道你厉害,有个事情想请你帮协助。"

"我?"刘若怡疑惑地问道。

"嗯,就是枣庄那个女尸案。"吴畏一边说,一边走进了物证室。

"案子已经过去了四天了,到目前为止依旧没什么进展,我考虑是不是当时现场勘察的有问题,我感觉,或许还有第二现场。"吴畏一边说,一边习惯性地去掏烟。刚准备点火,一抬头看到刘若怡正在怒瞪着他,不禁尴尬地笑了笑,又把打火机装进了口袋。

"这里是物证室,你要抽烟到外面去抽,老毛病就是不改,真是不要命。"刘若怡略有些生气地说道。随即她看了看周围的工作人员,压低声音说:"我们到技术室去说,别影响别人工作。"

"好好好,你说了算。不过这个案子,您经验老到,这次只能请您这员大将出马了。"吴畏看到刘若怡没有推脱的意思,心里一松,不由得笑道。

刘若怡板了板脸,面无表情地走了出去,但是在出门的时候,她的嘴角悄悄地上扬了一个小小的弧度。

刘若怡知道,她和吴畏都是事业型的人。在单位,他们俩往往比其他人更有共同语言,但是也仅此而已。不同的是,吴畏选择了事业与婚姻共同经营,而她则是只选择了事业。私底下她也曾怀疑过吴畏和妻子如歌的感情。她见过如歌,那是一个温婉贤淑,又端庄美丽的女人。但是,不论是什么样的女人,都是需要人陪的,吴畏这个工作狂,哪里有时间去陪如歌呢!刘若怡一边想着,一边暗自做着打算,有机会了,还是要劝劝吴畏多陪陪妻子比较好。

到了技术室,吴畏开门见山地说:"找你两件事,一件事,我希望你去勘验一下尸体,尸体现在还在医院停尸房,我相信以你的技术能力应该能发现些蛛丝马迹。另外一件事,你今天下午有没有时间,和我还有老马一起再去趟枣庄的案发现场。"

刑事技术室人员是案发后第一时间进入现场的警察。提取物证是侦破案件的第一步,也是最关键的一步。时常要面对恶臭难闻、蛆虫爬满的腐败尸体和各类污秽检材,这就要求办案人员要有异于常人的细心耐心和专业素养,才能不漏掉每一个细微的犯罪密码。

"每个物证背后都透露着死者最后的申诉,再狡猾的犯罪分子也会留下蛛丝马迹。"吴畏缓缓地,但是语调异常坚定地说道。他相信,不论是有形物证,还是诸如心理痕迹的无形物证,都是破案的关键。尤其是无形物证,无形物证往往揭露凶手心理痕迹。

他点燃了一支烟深吸了一口,说道:

"我一直在思考,犯罪分子有一定的反侦察能力,但是有形物证所提供的信息不多,不足以确定侦破方向。"不待若怡回答,他接着说,"案件发生后,第一时间搜索回来的线索我已经思考了很久,根据我反复对案情进行推演的结果,凭经验,我认为应该还会有第二现场。越是不注意的地方就越能发现重大线索。"

"你的意思我明白了,等会儿我看下女尸的第一现场记录,然后下午我和你还有老马一起去,我尽我全力。"刘若怡认真地说,"这个案件搞得人心惶惶,早早破掉,也是对大家的一个交代。"

"行,有你这句话就够了,我现在联系重新开会,安排专案组扩大勘察范围。"说完吴畏扔掉烟头,"我走了,下午联系你。"他掏出手机,对若怡摇了摇,算是打了个招呼,然后迅速离开了。

"咳,这个吴队。"若怡弯腰把烟头捡了起来,苦笑了一下,"我想说的话还没说呢……哎,下次吧。"

下午,老马带队专案组对案发现场周围的道路、草丛重新扩大了范围,展开细致的勘查,刘若怡也在其中,她的到来给专案组的成员带来了很多鼓舞,毕竟刘法医的专业能力是得到全局认可的。刘若怡也在仔细勘察着现场,她也不相信,如此重大杀人案现场,怎会没有任何蛛丝马迹!

时间一分一秒地过去了,40分钟后吴畏的手机响了,是刘若怡的。

"吴队,案件有进展,在离案发现场东边 100 米以外的地方,发现了一个半米多深的土坑,土质与周边不同,仔细看可以看出是新挖的。"刘若怡的声音略微有些高亢。

"做得很好若怡。"吴畏有些激动,"做好现场记录,现在就等你的尸检结果了,然后就召集大家开会研究。"全然没注意到自己的称谓有什么不对。

这边刘若怡略带尴尬地苦笑着摇了摇头,这个吴畏啊,工作起来真是不要命。

一回去,刘若怡就立刻开始了验尸的工作。很快出具了一份检验单。

会议室里,新的发现明显激发了民警们的斗志,这个坑拨开了案件的第一层迷雾,"这说明什么?"

"说明犯罪嫌疑人认识死者。"老马的话揭开了第一层迷雾。

"老马说得很对,如果不认识,杀完人就跑了,就是因为认识,担心顺着死者的人际关系会找到自己,才会试图挖坑掩埋尸体。通过现场勘察,其实死者已经告诉我们他的身份。"吴畏接着老马的话作了补充。

刘若怡也参加了会议,她没有说话,她手里拿着内勤王娜勘察的第一现场记录,虽然之前已经看过了,但是她依旧很仔细地又看了一遍:

"死者 40 岁左右,身高大约 1 米 65,能看出生前一定颇有姿色,留棕色长卷发、碎花红色长裙、黑色短靴鞋底两边磨损不严重,牙齿洁白,手指修长,染手脚指甲,有耳洞,但在遗物中没有发现项链、耳环、戒指、手机等物品,尸体表面干净,穿着讲究,能断定这是一个生活很有质量有品位的女性。"

"可以确定是熟人作案,如果确定这点,我们就要排摸死者的社会关系。但是大家都知道岚山区枣庄地处城乡交汇之处,人口约 5000 人,交通发达,流动人口多,治安复杂。"张全紧锁双眉说。在上次会议中还在休假,刚返回队上班的张全副大队长已经进入了角色,他也是有 25 年警龄的老刑警了。

"也就是说,死者很可能是附近的居民,凶手一定和她认识,作案后怕人发现才会做出挖坑掩埋的举动,因时间关系他将尸体搬到第一现场,故意将死者财物洗劫一空,给人以抢劫后杀人的假象。"吴畏分析道。吴畏敢肯定作案的动机一定没有这么简单,但那又是什么呢?

"但是死者不一定是滨河市本地人,因为这么长时间没有发现新线索,可见死者的人际交往圈在滨河市是比较狭窄的。"

"这样吧,队里分兵三路,一组张队带队拿着死者身上的钥匙去周边民房、出租屋比对,另一组老马负责根据实验室化验现场取回的塑料袋,分析确定凶器。第三组我负责对当地招待所、宾馆调查并在媒体上求助。"

"吴队,关于凶器我有新的发现。"刘若怡发言了,一旦涉及她的专业,就好像变了一个人,语调都变得沉着冷静了起来。

"你说。"

"一般情况下,头盖骨有断裂伤时,受损大脑组织若在裂口附近,则是被硬物击打,受损大脑组织在裂口相对应的头部另一侧,则是从高处落下撞伤头部。"刘若怡站起来比划了一下。

"根据伤口的形状、深浅、位置,我比对了资料库,列出了一份可能凶器的名单。"刘若怡拿出了一张纸,递给了吴畏。

"另外,在现场我找了一些衣物纤维,正在化验成分,也许对案件有帮助。"

"好的。"吴畏看了看那张纸,略一沉吟,下了命令,"老马,小刘的这张名单你带着,和之前技术的报告比对一下,小刘,化验结果一出来立刻告诉我,现在散会。"

会议开完,已经快7点了,吴畏刚准备联系招待所和宾馆,老马和刘若怡不约而同地挡住了他的去路。

"吴队,你必须休息了,这段时间你太辛苦,把自己累垮了怎么办案子。"若怡先说道。

"是啊吴队,弟妹那么长时间没见你了,你总也得回去看看吧,每天就打个电话总不是事儿。"老马也劝道,"案子现在总算是有进展了,你放心回家,这有我们盯着。"

吴畏无奈地看着他们两个,半晌,他叹了口气说:"行,我知道了,那我今天就先回了。"

若怡和老马一看吴畏服软了,不禁相视而笑。这个倔家伙,终于也听了一次话。

"如歌,我大概8点钟就回家了,帮我把洗澡水烧好。"吴畏上了车,给如歌打了个电话。暂时卸下了重担,他突然感觉全身就像虚脱了一样瘫软了下来。虽然他心里依旧很操心案子,但是他也知道,自己再这样下去就撑不住了,心底里那份对如歌的愧疚又隐隐地浮现了出来,但是现在,他已经累得无法去思考这个问题了……

突然,电话又响了,是个陌生号码。吴畏振作了一下精神,接了电话。

"哪位?"

"吴队您好,我是赵旭,上次我们见过面。"电话那头的赵旭声音很悦耳。

"赵记者,有什么事?我这边还比较忙。"吴畏直接下了逐客令,他现在很累,不想和记者再纠缠。

"呵呵,先别急嘛。你们这个案子台里现在让我跟,案件进展我总是要知道的吧,你今天没空,我明天早上去你们分局找你,就这样吧。"赵旭也不用敬语了,直接开门见山。

"……好吧,不要妨碍我们正常办案。"吴畏有些头疼,又有些无奈。可是对方毕竟是市台的记者,又是主持人。

"那行,明天见。"赵旭目的达到,声音都变得轻快了起来。

吴畏挂了电话,苦笑了一声。

7 有人敲门！

转眼到了9月下旬。滨河市依旧没有下雨，但是早晚的空气却一天比一天清冷。这天，在天色依旧朦胧的时候，薛娟就悄悄地起床了。

薛娟在区财政局办公室做主任科员已经很多年了，别人早就给她递话，让她自己趁着年轻还可以再进一步，但是薛娟总是一笑了之。她对自己很知足，因为老公陆远和儿子子轩才是她的整个世界，她对工作和交际都没有什么追求，最幸福的事就是下班早早回家，做一桌子他父子俩最爱吃的饭菜，等着他俩回来，她感觉很幸福。而且她也明白一个女人要做到单位的高层，光有智慧是不够的，手段心机等等都是必不可少的。自己不是没有机会，只是从来就没有这样的想法。

她静静地做好了早餐。时间还早，陆远和儿子还可以再多睡一会儿，她把早餐端到了饭桌上，顺势坐在椅子上，她看着窗外，若有所思。不知道她在想什么，连隐隐的敲门声都没有听到。

突然间门铃响了。

才6点半，是谁呀这么早！薛娟被吓了一跳，寂静的清晨里，门铃声显得特别刺耳，她匆匆跑到门口问了句："谁呀？"

"娟儿,开门!"洪亮的声音在门外响起。

是老爸!薛娟心里还在咚咚直跳,她平复了一下心情,赶紧把门打开。

"敲了半天,你也不开门,我都在外面等半天了,快把东西拿进去。"一头白发的薛文中拎着东西站在门前。

"爸,我哪知道您要来啊,陆远和子轩还没起床呢!才听见。"薛娟接过他手中的东西,把老爸让进屋。

薛娟父亲的大嗓门彻底打破了这个早晨的宁静,陆远和子轩都被吵醒了。

"姥爷您来啦,我还没睡醒呢~"子轩边揉着眼睛边走到客厅。

"哈哈!子轩又长高了,来姥爷抱抱。"薛文中说罢,一把搂住了外孙子。

"哇,姥爷你手好冰!"子轩不愿意了,他只穿着睡衣,冰的他使劲往后缩。

"爸,您来了,也不提前说一声,我好接您。"陆远穿着睡衣,睡眼惺忪地走到客厅。

"嗯,这点东西不沉,我身子骨还好着呢。"薛文中笑着放过了外孙子,直起身子看着女婿。

薛娟的父亲薛文中已经68岁了。他1969年从中国医科大学毕业,原来是本市一家甲级医院的院长,技术精湛,尤其在外科享有很高的声誉。提起"薛一刀",在滨城几乎无人不知。有不少久治不愈的患者,特意从外地来找薛文中院长看病。工作几十年,他每天都是在忙碌着,以医院为家,薛娟经常都是十几天看不见父亲的面。现在他已经退休,平时在家就养养花,逗逗鸟,修身养性。医院遇到有疑难杂症解决不了的问题的时候,薛文中也会回去同其他专家一起会诊,通常都会工作到半夜才会回家。薛娟的老妈总是唠叨着:"都多大岁数了,还这么跟着累,你就在家好好休息吧!"她也是名医生,自然知道其中的辛苦与操劳。

陆远知道,自己的升迁也离不开老丈人的威望,现任市卫生局长赵康也是他带出来的学生。因此他对薛文中一直都是尊敬有加。而薛文中对他的表现也一直还算满意。

"看您说的,您这年纪,就别这么操劳了,有我们呢。"陆远笑着说。

"就是爸,你年纪也不小了,退休了就在家多休息,出去会诊就让学生去,老这样我们担心。"薛娟不禁跟着埋怨到。

"我现在身体还行,只要能走得动,只要医院还用得着我,我就要去。党培养我这么多年,我就要把毕生的精力都奉献给国家。"每次薛文中都会义正词严。

"你就奉献吧,什么时候把你这把老骨头都奉献完了,你就算到站了。"薛娟赌气道。

薛娟知道,老妈说不动老爸。她经常跟女儿诉苦:"你老爸总比我觉悟高,就像我素质低似的,我这都是为他好,死老头子还不领情。"

每次薛娟都要哄着安抚老妈:"你俩觉悟都高,都是好同志。我爸要去,你就让他去呗,奉献奉献也好,要不总在家闲着,人不闷完了啊。"

"你们爷俩就会一个鼻孔出气。"

"那当然了,我老爸可是最好的老爸了!"

虽然每次在老妈面前她都帮老爸说话,但是她确实很担心父亲的身体。年轻的时候太过操劳,本身就积压了很多毛病。老了还这么辛苦,身体很容易出问题。

从小到大,薛文中最疼的就是这个女儿。只要是娟儿想要的,他都会尽全力满足女儿的要求。娟儿记得小时候,应该是四五岁的时候,那会她刚能记事。有一次她想吃梨,就对老爸讲:

"我要吃梨。"小孩子口齿不清,薛文中听了女儿要吃鱼,马上骑上自行车,到菜市场买条活鲫鱼回来。结果回到家,娟儿说:"不是鱼,我是要吃梨。"薛文中还没等坐下呢,立马把鱼放下,又骑上自行车去菜市场给女儿买梨。那天应该是那年冬天里最冷的一天,一直在下着大雪。等把梨买到家,他人也要冻僵了,一进屋顾不上擦干眼镜上冰雾,对女儿喊着:"娟儿,快来吃梨。"娟儿永远会记得那个场面,父亲满身雪花冲着她笑着,喊她吃梨。

"我知道啦,你现在和你妈一样,都把我管着,来你这里都不清闲。"薛文中皱着眉头说,但是眼睛里满是笑意。

娟儿笑着把东西拿进厨房,薛文中坐在客厅的沙发上,交代着:"我给你们买的早点,快趁热吃了。怕你们早上起不来,自己在家吃不上饭,就给你买点现成的,你们吃了好上班。"

"早都做好了现榨的豆浆、花卷。您还买了豆腐脑,那给子轩吃吧,他最爱吃豆腐脑。"薛娟一边说着已经将豆腐脑倒在碗里。

"子轩,来吃姥爷给你买的豆腐脑。"

"好呀好呀,"这时子轩已经洗漱完毕换好衣服了,他高兴地坐在椅子上,一把端起了碗。

"快吃,上学别迟到了。"薛娟心疼地拍了一下子轩的头说着。

"爸,您这刚出差开会回来吧,早饭吃了吗?"陆远洗完脸出来,坐在餐桌旁边,准备吃早餐。

"我刚吃了,让车直接把我送到这来了,北京这次研讨会很有收获,改天我给你细说,你们赶快吃早饭,还上班呢!"

薛文中坐在沙发上,满意地看着孙子吃早饭:"今天子轩上学我来送。"

"好。"陆远边吃边应声:"娟儿,我今天晚上回来可能很晚,明天要去桂林出差3天,你闲了帮我准备一下行李。"

"知道了,那你晚上回来开车注意安全"。正在吃饭的娟儿眼神突然飘忽了一下,然后又恢复到了那平静的神色。她看了陆远一眼,陆远似乎并没有看到,他早上还有会,三两口吃完了早饭,给薛文中打了招呼就急匆匆出门了。

"快,子轩,今天让姥爷送你上学!"

子轩吃完饭,薛文中就带着孙子上学去了,薛娟把爷俩送到了单元楼门口。她站在单元楼前,目送着老爸和子轩夹在各色上班上学的人群中,缓缓走出小区的街道。清晨的阳光洒在这对爷孙的身上,越发显得薛文忠瘦弱。这几年她明显地感到自己的父亲再不是她心目中无所不能的强人,他已经是需要照顾的老人了。

突然,薛娟的眼睛酸酸的。

父母对自己的孩子永远都是无怨无悔地付出。世上只有狠心的儿女,没有狠心的父母。父母给了我们生命,而我们又给父母什么了呢?我们可以对孩子百依百顺,对自己的爹娘是这样吗?入学时的新书包,雨中的花折伞,委屈的泪花,都是我们的爹娘在为我们拿,为我们打,为我们擦。身在他乡有人在牵挂;回到家里面有人沏热茶;躺在病床上有人掉眼泪;露出笑容时有人乐开花,这就是我们的父母。不管我们多富有,官当得多大,到啥时也不能忘了父母的恩情!而我们唯一能为爹娘做的,就是抽出一点点时间,经常回去看看,多陪父母聊聊天、散散步,将我们工作、生活中的快乐及时地分享给他们。儿女的快乐便是爹娘长久的快乐。

薛娟擦擦眼泪,父亲和子轩的身影已经看不到了,子轩的学校滨城子校就在小区后面步行一站路,平时都是薛娟送完他再去区财政局上班,今天有老爸送,她反而有些不习惯了。她转身慢慢地上楼,掏出钥匙打开了家门。家里空荡荡静悄悄的,和刚才的吵闹形成了鲜明的对比。

薛娟没有开灯,她又坐在椅子上,发起了呆。她想到了老公陆远。

陆远在她心目中一直是最好的,文采出众、不花心、不抽烟、不喝酒,看着身边的同学同事离离分分她很庆幸。有一次和陆远在家看电影《手机》,电影里男主角严守一有了外遇,但在家里还装作没事一样,有几句经典台词到现在她还记着,是于文娟对付严守一时说的:"你身上的某个部分就会起变化。"机不离手就是怕你接到不该接的电话。在电影里,严守一一次疏忽就让老婆接到了刘丹的电话,暴露了两人非比寻常的关系。

手机既是传情工具,也像是一个手雷,随时可能被人发现引爆导火索。恋爱中的人总是很美丽的,这种美丽往往体现在气质上,那种由内向外散发的气场几乎就是在向所有人宣称绝对是有好事发生在自己身上,特别是已婚男人,都说恋爱让人更美丽,有了约会就更会在意自己的形象,想想你刚和另一半恋爱时是不是也特别在意自己的形象呢?

薛娟记得当初看到这儿的时候,她突然板起脸挣脱陆远的怀抱。

"看着我的眼睛老实交代,你是不是只爱我一个人?不准撒谎,撒谎你的身体某个部位就会起变化。"薛娟很严肃地说。

"必须有,让我数数,1、2、3、4……哎呀太多了。"陆远挤挤眼掰起了手指头佯装数数。

"你敢,我咬死你!"薛娟扑上去又打又咬……

客厅中光线依旧有些朦胧,突然间,薛娟发出了一声像是笑声的声音,然后又恢复了寂静。这时,客厅墙上的时钟敲响了7点半的钟声,该去上班了。薛娟似乎站了起来,但是她没有动。

在晨曦中,她就这样一直坐着,许久,许久……

陆远自己开着车出了小区,他一边打开了车载CD,一边思考着开会的事。他现在已经将"侬梦"的事完全抛在了脑后。虽然刚知道那个消息的时候,他很震惊,但是这么多天过去,案子似乎一直没有进展,他也逐渐放下心来。世界上哪里有那么多的巧合,刚好会查到自己身上呢,再说自己又并没有把"侬梦"怎么样。

前面路口红灯,他停了下来。目光无意中落在了一幅广告上,那是一幅旅行社介绍旅游项目的广告。他突然想起今天早上给妻子薛娟说自己要去开会的时候,薛娟似乎有些异样。难道她觉察到了什么?陆远心中突然一阵紧张。

这次出差,他确实是要开会的,但是他还有另外一个目的,就是去见自己的网友"满山红"。自从"侬梦"出事到现在,他再也没有和"云和月"联系过,他也说不清楚是为什么,总觉得"云和月"和他认识的其他网友有些不同。他并不打算放弃这段关系,只是他想暂时先放一放。在这期间,他认识了"满山红",听说陆远要去丽江开会,正好住在丽江的"满山红"欣然答应说两人见一面。

薛娟应该没发现什么吧!他略有些忐忑地想。他很少通过电话联系这些网友,短信也很少发,每次都删除掉了。但是薛娟最近似乎是有些异常,但是他说不好是哪里有些不一样。

可能错觉,不然她肯定会和他说的,陆远再次肯定了这个想法。他将音乐的音量调了调,开始想今天开会的事。

8 最熟悉的陌生人

在案件取得进展之后,"9·18"专案组分为三组开始行动,可四五天过去了,死者身份仍不能确定。根据刑警们观察现场周边的情况来看,树林东边和西边是上世纪90年代建设的居民楼,此地段命案多为室内作案。南边靠近市中心较繁华,这种地段发生经济类抢劫案较多。而北边的城乡结合部情况复杂,外来人员群租的生活状况使这里多发各类社会纠纷,派出所民警是这里的常客。

在这样的地理环境下,一组配了10套一模一样的钥匙,配合社区的协助,对当地民房进行地毯式排查,排查重点是有没有失踪女性。可民房门太多,几次出现一把钥匙能打开好几扇门的情况。而能打开门的几户人家都说不认识死者。于是工作人员便围绕案发地点进行了夜以继日的排查,一是在出租屋针对外来居住的,二是区域内的宾馆招待所。

赵旭也真是不怕累,案子全程跟进,跑民居排查都少不了她,有吴畏在的地方都会出现她的身影,吴畏没有想到这么一个娇滴滴的姑娘,居然这么能吃苦。她还主动配合专案组联系了新闻媒体,在网上和社区和附近村庄里发布了5000多份悬赏通告。

经过一段时间的接触,吴畏大概知道了一些赵旭的情况。她不是滨河市人,来到滨河市市台也是凭着自己的努力一步一步走上来的。今年不到30岁,还没有结婚。这个年纪这个成就已经可以用出色来形容。虽然平时她看起来礼貌有加,但是凡事都有自己的主见,是个比较强硬的女人。吴畏有些头疼的是,赵旭感兴趣的似乎是他,而不是案子,老是跟着他跑,对此吴畏也只能装作不知道了。

住在小区内的人白天都要上班,刑警们只能等晚上他们回家再去询问,这种简单重复的工作做了很多次之后,疲软期开始考验着大家的耐心。然而,尽管付出了大量人力物力,也得到了许多失踪女性的信息,却未发现一条与此案相符。就在大家有些泄气的时候,刘若怡又提供了一条重要信息:对受害人解剖时发现死者右边下颌有义齿,即假牙。根据这一线索,专案组人员立即在全市展开了排查,找牙医辨认假牙。然而由于受害人假牙磨损度太高,3年以上的假牙已经不好判断在哪家卫生医疗的牙科做的,这就给专案组加大了排查难度,民警走访大量牙科诊所后,仍未找到任何线索。

在吴畏看来,遇到这样的瓶颈其实是家常便饭。作为案件的指挥员,他明白有时候需要把前面做的所有工作都推倒重来,这很考验刑警的心理承受能力,他虽然不怕承受压力,但是这次案件性质比较恶劣,社会上的负面影响比较大,专案组成员们士气也很受影响。案件进入困境后,吴畏已经被领导叫去谈了几次话,再加上各种杂事烦扰,他一直没机会好好休息,脾气变得异常暴躁。

这天下班,吴畏硬是拉着从来不喝酒的老马去了分局附近的一个小酒吧。老马无奈,又抓了刚准备下班回家的刘若怡当壮丁,说真的,吴畏确实需要放松一下了。

吧台边上,三个人并排而坐,时间还早,酒吧里稀稀拉拉的没有多少人。来了半个多小时,吴畏没怎么说话,只是默默地喝酒,昏暗的光线映衬的他脸色很不好看。

"吴队,如歌还好吧?"刘若怡忍不住打破了沉寂。

"嗯。"吴畏简短地回答。不知道他是真听到了,还是在应付。

"吴队,案子只能慢慢来,你的心情我理解,其实我也一样,不过这急不得,身体要紧。"老马端起酒杯,说道。

"我知道。"吴畏看了一眼坐在旁边一脸关切的老马,又斜眼看了一下老马旁边闷闷不乐的刘若怡,脸色慢慢地缓和了下来。

"不介意我叫你若怡吧?刘法医?"吴畏说。

"?"刘若怡似乎没听清楚。

"老马可是听到了,以后没外人的时候,我可就叫你若怡了。"吴畏转头盯着手里装着琥珀色酒液的透明玻璃杯,也许是有些喝多了,他的情绪慢慢放松了下来,他想笑,但是笑的时候,脸上的肌肉特别僵硬,最后他只能是嘴角微微抽动了一下。

"你随便。"这次刘若怡听清楚了,她的脸一下子红了起来,赌气地说了一句。但是沉默了两秒,她又忍不住问道:

"吴队,你工作认真大家都能看到,也很佩服你,但是你也得关心关心如歌呢。她老是一个人在家,真的不好。"

"哦?那你呢?"吴畏讲话的语调已经微微带了一些醉意,"你也三十好几了,为什么不结婚?没人要?"

"……"刘若怡没有说话。

"吴队,这就是你的不是了,刘法医这么优秀,喜欢她的人可都排到滨河边儿还拐回来了呢。人家这是丁克族,懂不?不兴结婚这一套。"老马一看刘若怡不说话了,赶紧打个圆场。

"我不结婚的理由,今天不能说,等你哪天脑袋清楚了,我再告诉你。"听了老马的话,刘若怡没有接腔,她转头看着吴畏,很认真地说。

"哦,这可是你说的,我记住了。"吴畏也看着刘若怡,半晌他突然笑了,是笑得很大声的那种。

"你真是个很有意思的女人。"他端起酒杯一饮而尽。

……

华灯初上。下班回家的人群各显神通般的像潮水一样从这个城市的各个角落涌来。

城市里的每一栋钢筋水泥都有着如出一辙的走道和格局,就连紧闭的防盗门都是一模一样的。在这样的城市里,人与人之间的距离变得越来越捉摸不清。如果是在夜晚,你会发现,每一扇门都会透着一丝余光,猫眼如同万花筒一般窥视着每一家的故事。每家人在外面都包装着绚丽多彩的广告,内容却是像打翻了调料面的盒子,什么味道都有。

城市里的人们,习惯下班将自己锁在房门的后面,拒绝小偷,更拒绝陌生人,这座房门给了大家一种虚无的安全感。当今社会,不知道从什么时候开始,崇尚灯红酒绿的生活,在社会上不免要受到各种欲望的诱惑,而人和人的距离越来越近的同时心的距离却越来越远。

如果给爱情定保质期的话,从结婚开始,能保持多久呢?

吴畏的家在滨河市高新区南京路上,这是三年前在分局买的房子,小区里面住的都是本系统的同事。因为他不喜欢楼层太高的,所以当时订房的时候,便买下了一处8楼的住宅,整个装修都请的专业设计师设计的,包括家具、家电都是时下最时尚的。

如歌下了班,开着牌照末尾号是688的红色福克斯去接女儿,她心里有些着急,女儿晓雪已经放学了,一定等不及了,接晚了,又该埋怨了。这个时候正是下班的高峰期,堵车、堵车,中国的交通什么时候能变得畅通无阻呢,刚开了没几百米又是堵车,如歌一边气恼着,一边打开 CD,曲婉婷的那首《我的歌声里》开始轻声低吟。

不远处,一个巨型广告牌上,一个美女晃着自己的水蛇腰,张着那张像刚吃过人的红嘴唇说着那句经典台词:"相信我,我只属于你!"

陆远这个时候在干吗呢?或许也在堵车,或许也在听这首歌。如歌心里有种冲动,也想为他唱首歌。

皱了皱眉,自己这是怎么了?上次不是已经想着不再和他联系么?如歌眼前闪过陆远的形象,他人虽然有点清瘦,但是瘦长的脸上,眼睛却格外炯炯有神,显得非常干练。如歌气恼地摇摇头,又不是情窦初开,怎么会对这个男人这么在意。自从遇到了陆远,自己的矜持都不知跑哪去了,在他面前,她仿佛就像张爱玲所说的"遇见你我变得很低很低,一直低到尘埃里去,但我的心是欢喜的。"如果陆远几天没有和自己联系,心里就各种焦躁和猜测,并暗暗下决心不再理他,让他知道自己也是有脾气的。但只要陆远一个信息发来,如歌心里马上就红杏枝头春意闹了,她反复看陆远发来的信息,拼命忍了 5 分钟,还是赶紧给他回了消息。

如歌觉得自己从来没有这么被动过,这让她既沮丧又欣喜。

车子走走停停,终于挪到了女儿学校门前。扎着小辫的晓雪像只小燕似的蹦跳着跑过来,打开车门,嘴里不忘埋怨着:"妈妈,又来晚了!""对不起,宝贝,路上堵车。"如歌赶忙解释着。

等如歌到了家,放下东西已经 6 点了,女儿肚子早都饿了,她赶紧进厨房,洗米做菜。吴畏打过电话说今天回来,不过要晚些。如歌已经习惯了,他要是早回来,反倒让她不适应了。

不大一会,简单地做了两个小菜,如歌喊着晓雪:"宝贝,吃饭了!"

"马上来！我把这道题算完！"如歌最欣赏女儿这一点，每次都是把作业写完了，再做别的。晓雪的乖巧懂事，让如歌省心了不少，学习也基本不用她操心。带着女儿吃过了饭，边收拾边听女儿讲学校里的事，今天老师又讲什么了，又和哪个小同学玩了，老师又夸奖她了，她笑盈盈地听着。

这个时候，是她最幸福的时候。

等如歌洗完了澡，晓雪已经自己换好了睡衣躺在床上睡着了。小腿把被子蹬在一边，如歌轻轻地把被子给小雪盖好，亲了亲女儿的小脸蛋，小心地把门关好，回到了自己的房间。

她换上了睡衣，看了一眼时钟，吴畏还没有回来。她坐在电脑跟前，犹豫了一会，还是站起身来打开电视看了一会，就是无聊的人拍的一部部无聊的宫廷穿越剧，很是乏味。不知不觉时钟已经指向 11 点，就在她准备睡觉的时候，门铃响了。

满身酒气的吴畏跌跌撞撞地进来了，他趴在厕所吐了好一阵子。如歌对这种阵势这已经习以为常了，刚结婚时那个上进好学、吃苦耐劳的老公已经找不回来了，随着近几年来他职务的升迁，刑警队越来越忙，十天半月回来一趟，回来时很少是清醒的。

如歌连忙扶住他，让他坐在床边，泡了杯热茶端给他。吴畏一把推开茶杯，睁着一双猩红的双眼看着如歌，如歌也镇定地看着吴畏。突然吴畏发狂一般一把抱住她，把她扑倒在了大床上。这时候的男人，已经失去了理性，只剩充满酒精的大脑，满嘴的酒味让她有些作呕。

没有前戏的做爱就像被强奸，如歌的双手扣着睡袍，无力地抵抗着他的进攻。她知道这是完全没有实际效果的，一切肯定会进行。当如歌被剥得赤裸裸地展现在他面前时，这时的吴畏就像个迫不及待的孩子般贪婪地吮吸起来。如歌闭上了双眼，其实她完全明白，家只是他的旅馆，她只是一个不用掏钱的小姐,一次性欲的发泄。身下换一个女人时他也会如此,他只是渴望一个身体的插入过程,他的进入很粗暴,很猛烈。

突然,他停了下来,冲进卫生狂吐。可怜的男人,忍受着胃部的翻腾,还要满足下半身……

看着身边的老公,这个自己曾经离家出走也要和他在一起的男人,曾几何时,那个对自己小心翼翼捧在手心的男人,那个对自己山盟海誓的男人,那个冒着雨从城市的北边蹬自行车到最南边接送自己上下班的男人变得如此陌生。他们从不吵架,在外人眼里,是一对典型的模范夫妻,10年的婚姻从最初的浓情蜜意,到现在的平淡如水,让如歌学会了忍让、沉默。

如歌把睡衣穿好,到浴室又重新冲了个澡,吴畏在她身上留下的酒精和欢愉后的黏糊糊的液体,令她洗了一遍又一遍。如歌很诧异自己的心态为何会如此平静,就好像刚才只是在玩一场游戏一般。洗过澡后,人也清爽起来,她睡意全无,打开书房的灯,拿出了日记本。如歌有记日记的习惯,从小到大,一直没间断过。已经累计了十几大本,她平时都把日记锁在书柜里,老公也知道她有写日记的习惯,要求了好几次想看看,但都被如歌一口拒绝了,请他尊重她的隐私,无畏看如歌很坚决,以后也就没再提过。

写完日记,她去看了一眼吴畏,吴畏已经睡得人事不知了。于是她打开了电脑,点开小企鹅。这个时间,她上QQ,潜意识里是想看看那个人在不在线上的。如歌一眼就看到那只蓝色的小狗在亮着。惊喜,她的心狂跳着,这是怎么了? 看见他在,就心跳得不行。她又回头看了一眼吴畏,吴畏正睡得很沉,看样子不到天亮是不会醒的了,就放心地双击了那个蓝色的小狗头像。

云和月:这么晚还没休息?

八千里路:赶材料没有休息,明天出差用。

云和月:上次 Q 你来着,你没回复我。

八千里路:哦,那次没上线,第二天看到了,不过忙着,就没回复。

云和月:昨天梦见你了!

八千里路:呵呵。

云和月:我喊你,你怎么也不理我。我拉你,你也不回头。严肃得很!

八千里路:假的。

云和月:可和真的一样。好几天没看见你了!

八千里路:一直很忙,过两天还要出差。

……

云和月:我都不敢和你说话!

八千里路:?

云和月:我害怕。

八千里路:怕什么?

云和月:我怕,我会爱上你!

……

八千里路:你已经爱上了!

云和月:那怎么办?

八千里路:凉拌。

云和月:啊,要把我晾起来啊?

……

八千里路:过段时间你就不这么想了。

云和月:说我冲动吗?

八千里路:热得快,凉得就快。

云和月:不会。

如歌的心凉了半截,陆远的不冷不热,让她有些后悔,干吗要和他说这些呢?这么轻易地就说爱他,他会不会认为自己是个很随便的女人?喜欢就喜欢好了,在心里偷偷的就行了,为什么说出来？自己会像他说的那样，不用过多久，对他的这份情感就会自然的消退吗？

不会！想也没想，如歌就在心里给出了最肯定的回答。

"你先忙吧早点休息！我下了！886！"

"好，晚安！"

如歌心里轻叹了一声，她多么希望陆远说"再聊会儿吧"，如果陆远说了，陪他聊到天亮也是心甘情愿并且是满腔喜悦的，但是没有，陆远和她道了"晚安"，她甚至有些后悔自己为什么要说下了呢，她是多想和陆远这样一直一直聊下去啊。

关上电脑，整个心里空荡荡的，她明白，自己一旦动了心，就不会轻易改变，哪怕他的心没在她的身上。爱上了就没有回头路，如歌不会知道，为了这份坚持，会有太多的无奈，太多的泪水，能否守得云开见月明吗？

迷离中，如歌想起杜拉斯的《情人》，这是一段注定没有归宿的爱情。这段爱情被演绎得如诗如画，如痴如醉，到头来却又让人痛彻心扉。它让越来越多的人，开始重新审视世间男女的关系——男人和女人都是要在对方的瞳仁里，才能看见自己；世界也只有在男人和女人的对视中，才能达乎完整。

如歌翻开了自己的日记，记下了这样一段话：

"九月23号　星期三　晴

夜深了，夜静了，这个时候的你，还在工作吧！"如歌停下笔，把目光投向窗外，远处的霓虹灯交替闪烁着，奇怪着问自己，怎么会不自觉地想到陆远呢？"我今天在网上领取了一只宠物，没想好取什么名字，你帮我想想，叫什么好呢？小家伙可爱得很呢！你老是很忙吗？气温不稳定，记得要多穿点，千万别感冒了。今天在网上遇到一个变态的男人，非要和我视频，我正工作呢，他自己就把视频打开了，结果我抬头一看，身上一丝不挂，赤裸着，我赶紧把视频关掉了，让别人看见了，那要把我当成什么人了,我回了句,我对这不感兴趣,就将他打入黑名单了,现在想想,连这句话也应该省掉,应该直接把他删除。气死人了!"

　　伸了伸腰,合上日记,把它小心地锁进了书柜里,那个角落是如歌心灵的家,她的情感,她的喜怒哀乐,她的灵魂都放在那个角落里。自己闲着没事就打开电脑挂上QQ,自从认识"八千里路"以后,如歌已经很少和别人在聊天了,她只属于"八千里路","八千里路"也只属于她一个人。自己和陆远不管最终结果如何,都无怨无悔,因为期待也是一种幸福。

9 丽江的秋天

陆远乘坐的飞机降落在丽江三义机场的时候,由于错开了十一的旅游高峰期,因此机场大厅里人并没有像电视中的那样多得离谱。下了飞机,陆远没有急着去取行李,而是站在出口旁打开手机,先给"满山红"发了条微信。

"我到了。"他还附带了一个笑脸。

"你到机场了吗?那我们直接在古城区见吧。"对方直接语音回复,声音很女人。

"好,几点,在哪个位置?"这是陆远第一次听到她的声音。

"你到那边估计要1个小时,那就4点钟,直接在入口牌坊处等着就好,我给你当免费导游。""满山红"显然很熟悉丽江。

"4点半吧,我先去预定的酒店那边把行李放好再过去找你,不然很不方便,那先这样了。"陆远说完,不等对方回复就关掉了微信。有时候,他就是这么霸道。

从机场坐大巴到市区大概需要40分钟的时间,但是陆远感觉自己似乎刚开始打盹车就到了。好在预定的酒店离下车的地方并不远,地方很好找,进了酒店,一楼大厅就有签到处,陆远签了到,领了房牌就直接上楼了。全国医疗设备展销会后天才开始,他是特意提早了两天来到丽江的。如果开会期间去找"满山红",碰到认识的人还真不知道怎么解释。在这方面,陆远一直都很谨慎。

在房间里放好行李,陆远连水都没喝就直接下楼了,他很期待与"满山红"的见面。

从宾馆到大研古城入口,陆远坐出租只花了 7 块钱。下车后,他在老街边停下了脚步,看了看手表指针指向下午 4 点 15 分,觉得时间差不多到了约定的时间,就发了微信。

"我到入口了。"陆远顿了一下,然后接着说,"你几时到?"

"我 15 分钟后就到。"对方微信回音,声音依旧很悦耳。

在网上,陆远的资料是真实的 38 岁,而她呢?资料里的年龄是 1 岁,网名叫"满山红",年龄难道比陆远还大么?

可眼下,再有十几分钟,陆远与"满山红"即将见面!她曾在网上比喻我是他最亲近的陌生人,可她长得什么样,会是自己喜爱的那种女子吗?他曾无数次问她要相片,可无数次得不到认可,回答总是一个理由:我长得很丑的,怕你看了照片再不理我怎么办?每当这个时候陆远总是说丑女无敌!还怕吓到我。她就用杀手锏,说你现在来丽江就能看到我,小女子什么都可以奉献给你!她是明知道我距离他 1000 多公里才这么说。

凭陆远对她声音的感觉,那么欢快的笑声,那么娇媚那么女性味十足的语音,她不可能长得丑陋不堪,而且肯定会有很明亮的眼眸,很好看的牙齿,很白皙的肌肤……对,那才是他所向往的!

知道要和她见面,陆远这一路其实都心不在焉,不着边际地想着自己与她见面后该怎样行事。他们曾在网络上讨论若在网下相见时的开场白,可现在 15 分钟后就要见到她了,已离开网络,那就将见到她……想到这里,陆远又四处看了看。让陆远失望的是,老街美女倒是很多,但都不是和自己接头的。

"八千里路?"

陆远转过身,一个上身穿紧身T恤,下身穿牛仔裤的女子站在离他一米的位置,不施粉黛,及肩秀发,正凝望着他。

陆远问:"你……?"然后他停住了,一瞬间,认出了是她,满山红!

终于,他们几乎是不约而同地同时轻舒了一口气。相信陆远也被她接受了,虽然她提前见过陆远的登山照片,她朝陆远调皮地举了举手上的手机,同时陆远也举起了手机。

她先开口了:"你早来了。"

陆远佯装不高兴:"不公平,你提前见过我。"

"你现在也见过我了,公平了!"和网上一样,"满山红"丝毫不退让。

眼前的"满山红"身高有1米63,匀称的身材凹凸有致,简直就是个衣架子的模样。她穿平底鞋,在陆远面前稍微显得娇巧。年纪应该在30左右。

陆远装着比较夸张的样子过去握住她的手,"满山红"没有拒绝,只是脸微微地一红轻轻地抖了一下手掌。她的眼神避开陆远的视线,然后任由路远拉着她柔软的小手。陆远知道自己已首战告捷。

此时已近傍晚,太阳那金色的光芒给周围的建筑镀上了一层金边。陆远和"满山红"手拉着手,漫步走在古城的街道上。阳光下,"满山红"那略微发栗色的头发散发着柔和的光芒,T恤上的饰品反射着光线,一闪一闪的,陆远悄悄地斜眼瞅了一眼脸上还带着些许红晕的"满山红",满意地笑了笑,然后抬起头。直到此时,陆远才有心思看着这座有着悠久历史的古城。

秋天的丽江古城,在旁人看来许是没有春夏那么缤纷多彩,但是在陆远的眼中,秋天才是丽江最美的季节。天空碧蓝如洗,那种深蓝的色调,看久了似乎人都会沉醉进去一般,这种天空在城市中是非常少见的。放眼望去,迷宫般的古城,漂浮在天空中的镀着一层金边的云朵,远方静静矗立着的玉龙雪山,构成了一幅绝美的图画。脚下的青石板由于常年被踩踏摩擦,已经变得光溜溜的了,走在上面,时不时地会发出"嗒嗒"的响声。小桥两侧都是一栋栋飞檐的木制房屋,偶尔身边也会擦过穿着纳西族民族服饰的姑娘,让人感觉在大研古城,时光仿佛都在缓缓地倒流。

这个时间,小商贩已经开始准备摆摊出售商品了,"满山红"建议等天黑了再去酒吧街,陆远欣然答应了。大部分人这个时间都集中在商业街或者酒吧街附近,其他地方人都比较少,他们还乐得清闲。

刚和"满山红"在一起,陆远的话并不是很多,而"满山红"看陆远没有说话的意思,也就知趣的没有讲话,他们就这么手拉着手走在渐渐变得昏暗的街道上。过了一会,陆远觉得略微有些冷场不太好,没想到他刚要说话,"满山红"突然握紧了他的手,把他一把给拽到了路边的一个冷饮店里。

陆远吃了一惊,刚要问她是怎么回事,只见"满山红"非常紧张地躲在店门后看着外面,面色变得苍白,之前握着他手的那只小手,现在正在紧紧地抓着门框,她使了很大的劲,以至于手关节都发白了。看到"满山红"的这个状态,陆远直接放弃了询问她的举动。他回头一看,这家店面积虽不大,但是顾客还比较多。靠里面还有位置,他决定先坐下,等会再问到底是怎么回事。

过了一会,"满山红"终于过来了,她的脸色已经恢复正常,她看着陆远,有些不好意思地道了歉,大意是碰到了熟人的意思。陆远只是应了一声,就示意她坐下。实际上,在陆远的心里,他并不在意"满山红"碰到了谁,因为这对他来说,没有任何意义。

　　陆远很坏地给她留下了靠里的位置。她让了让,还是坐到了里面,就这样他们像一对情侣靠在一起吃东西。陆远看着她吃樱桃的动作大受刺激,这种灯光和氛围让陆远很自然地把手放在她的大腿上,隔着牛仔裤,那种温热热的感觉真是激动,陆远真是没有心情吃东西了,"满山红"的脸很快就红透了,为了不让她注意到那只手,陆远使劲没话找话地和她聊天,不过手可没有停过……

　　到了夜晚,丽江古城完全变幻成了另外一种风情。美丽深沉的秋夜,幽深的小路,红色的灯笼在各家店铺前悬挂,远处隐约传来阵阵的纳西古乐,以前就一直听人说,来到丽江,不进古城的酒吧泡泡,就很难说真正领略了丽江的风情。

　　在月色朦胧的江边,陆远很温柔地从背后轻轻地搂住了她,她那一刻浑身一震,无力地挣扎一下便放弃了。然后软软地靠在陆远怀里,陆远开始轻轻地吻她的头发,脖子,女性特有的气息让他陶醉。陆远慢慢攻击她的耳朵,她的耳朵非常敏感,陆远舌头刚探入她的耳朵她就发出梦呓般的呻吟,完全瘫软在他怀抱里……

　　在高涨的欲望驱使下陆远把手伸进了她的牛仔裤,由于牛仔裤很紧几次都没有成功,一用力居然把她的扣子给扯下来了,他自己也不知道当时怎么那么大的力气,后来自己专门扯自己的牛仔裤扣子怎么也扯不下来。陆远使劲拉开拉链,手心贴着她小肚皮把手放进去,感觉下面热腾腾的,用洪水泛滥来说一点都不为过。他用整个手包覆了她的大腿根部,柔软温暖的感觉传遍他的全身。陆远的快感差不多冲昏了头脑,就在这个时候"满山红"的电话响了,开始不管它,一直响,满山红只好松开手掏出电话一看,马上很紧张地叫陆远别出声。

"老公啊,你还没有休息吗,你出差在外面别太辛苦,要早点休息,我啊,才洗完澡准备休息了。"

听到这里,陆远完全松开了她,女人啊,真是善变的动物,刚才还是他的女人,现在又和另一个男人这样缠绵,说不清楚心里的味道。看着她慢慢走到一个刚好自己听不到电话的地方,过了七八分钟,她电话打完就过来了。女人速度真是快,她的衣服裤子又收拾得很整齐,除了脸上的微微潮红和有点凌乱的头发外,真想不到刚才他们那么激情!

"满山红"过来问陆远:"宝贝,吃醋了吗?"

陆远哼了一声,激情过后就是她的宝贝了!想想一个小时前我们走路她都要保持半米距离呢。陆远嘴上不承认,很生硬地说:

"没有。"

"满山红"拉着他的手轻轻甩着,"别生气了好不好。"

陆远的心里依旧不舒服。男人就是这样:就算不是属于自己的女人也希望她忠心于自己!

陆远不由分说地一把拉过她,吓了她一跳。他把她抱在怀里,手搂着她的头不由分说强吻起来,陆远的吻那么霸道,不容她任何反抗!最后在耗尽肺部氧气的最后一刻,才松开了她。他们都大口大口喘着粗气。陆远不知道是她感觉想补偿他还是她也想要自己,但是他唯一知道的是:今夜无眠!

陆远没回会议订的酒店,两人进了老街旁的小旅馆。

房间里四目相视,那么近,陆远能闻到"满山红"气息里,身体中掩藏不住的芳香。

陆远喜欢她这笑容,喜欢这张脸,尤其是鼻与嘴之间那两条分明的三角纹,配上亮丽的眸子,笑时是阳光灿烂,思时是浓烈的书卷,愁时更是那么的万般风采……女人的美仁者见仁,此处模样则必然少不了的。

陆远情不自禁在她额上两眉之间亲了一下。她笑,叫了起来:

"什么呀!"

于是陆远放肆起来了。嘴唇像一个侵略者开始了对她的进犯,接着手也加进对她的掠夺,从发额眉鼻耳到唇颈肩臂胸……她也用手搂着他的腰,轻轻地,陆远能感觉到从迟疑不决到小心翼翼到自然而然……偶尔有一两次激烈的反抗,原来正如她以前所说:我怕痒!

她目光迷离地看着陆远片刻,轻声叹了一口气后,就紧紧地抱住陆远,浑身不断地轻轻颤抖,最后的抵御终告放弃。

陆远缓缓附在她耳边挑逗她:"我只想要你。"这话他在网上已无数次对她说过。

当他解开她乳罩后扣时,满山红明白了他的需要,说"我先洗个澡吧。""我们一起鸳鸯浴吧,"陆远一脸坏笑。满山红说"想得美。"陆远心里想,女人嘛第一次害羞,一会看我怎么收拾你。

哗哗的淋浴声,还有磨砂玻璃门上的曲线身影,无一不刺激着陆远张紧的神经,想到还没有上场的好戏,陆远深深吸了一口气。很快,哗哗的冲水声音消失。片刻,包着湿漉漉的头发,裹着浴巾她出来了,"该你去了",满山红一边理头发一边对陆远说。还有什么能形容他现在要去洗澡的心情呢,一颗缺乏雨露滋润、干渴太久的禾苗,他猴急火燎地就完成了自己的淋浴,光溜溜地冲向沙发上的情儿,在她一小声尖叫中陆远拉掉了她的浴巾,抱着她进了酒店房间的大床。灯下的胴体白得有些刺眼,紫红的葡萄,稀苏的毛毛掩不住迷人的小山丘,他感叹上帝为男人创造了完美的女人,让平凡的世界多了自己的精彩。他像饿狼一样压住了她浑圆的身体。

陆远已没能顾及其他。她轻声喊了出来。她——她的手紧紧抓陆远的肩,她想推开陆远,指甲扎入他的皮肤,疼痛、羞涩、激动加上某种寻求刺激的欲望,脸色红里泛青,那表情引人怜惜,又令人心醉。

陆远总是百思不解:为何女人的痛苦有时会引来男人的亢奋与满足?他能体会的是,也许女人的痛苦表情只不过是某种专门蒙蔽男人的虚幻,她们与生俱来就有着用痛苦掩藏快乐的本领吧!"痛快"这词作何解?一定是女人造出来的,女人,真的是性与情的精灵!

赤身裸体地抱着同样赤身裸体的女子,是他两半年来在无数日夜,以无数电子信息作无数心灵交流的,在他心中,梦中,生活工作中无所不在的那个女子。而我,就在她身体里,在她的娇媚里,在她的芳香里,在她的羞涩、温柔、慌乱的万千风情里,他与她,达成了肉的结合。

有许多过来人都承认:一男一女之间这种事,第一次刺激而总是悔恨,第二次才是真正的交欢。再有,男人性快感过于集中,过于短暂,而且几乎是人人皆同,毫无特点;女人则有所不同:握手能使之动心,抚臂能使之战栗,亲嘴会动情,摸乳则已全身湿透,据报道还有往耳朵孔吹风就能达到高潮的,也不知是真是假!男人对女人的了解只能言传不能意会。至于,性的反应特点一千个女人就有了一千种不同,有的女人数度开花,却是无人闻其香,识其色;有的女人春心既动,却早已光彩夺目。他捧着与之交媾的她属于后者。对自己的性能技巧不妄自尊大,仅仅是对她纯粹的爱,并且让她感受到这种爱,仅此而已,陆远就很鲜明地感受到她一次又一次迭起的高潮。

事后,陆远趴在她身边,一边抚摸她的躯体,一边凝视她。她软软的身子依偎在自己的怀里眼神朦胧。"嗨,"她的媚媚之音渗透了性高潮后的余韵,不是传入陆远的耳朵,而是穿入陆远的身体:"你不觉得我们很荒诞,忘了一件什么事吗?"

陆远像看考试试题般地看着她。她历来都把能够为难他作为她的快乐,可她好像历来很少有那种时刻。片刻,陆远想,老天,自己与她还没互报真实姓名呢!

在陆远与她互通真名后,她先于自己发现自早晨到现在,才想到十来个小时没吃饭了:陆远肚子里雷声大作,而此刻已是中午12点多了……

10 办公室副主任

每年10月,滨河市的梧桐树叶开始逐渐变黄。随着天气的转凉,时不时地还会刮起一阵阵秋风。这天中午一点多,天色有些阴沉,许久未下雨的道路上一有车辆驶过就扬起阵阵的灰尘,连路边的灌木都灰蒙蒙的。高新路边的公交车站上稀稀拉拉的没有几个人,看起来好像有一段时间没有来车了,大家都有些着急,唯有一位身着职业装的女性在专心致志地看着手机,全然没有在意四周。这个人就是薛娟。

"老公,你到丽江了吧?中午吃饭了没?我不在身边,你要照顾好自己。"薛娟正在给陆出差在外的陆远在发微信。

"老婆,正吃呢!你也一样好好的!下午闲了再联系你。"看了陆远的微信回复,薛娟不由得笑了笑。女人的一半是事业,另一半是丈夫、家庭。在干好工作之外,一家三口漫步街头商场,出入公园绿荫,是多么令人羡慕的事!以前,薛娟时常搂着老公和儿子的脖子感慨道:"我们一家三口,多么的幸福呀!"那个时候,陆远总是笑话她很傻。

"不识庐山真面目,只缘身在此山中",人们常说身边没有风景,其实风景往往就在你身边。很多时候,爱是埋在心底的,尤其是婚姻进行中的爱,平平淡淡,说不出来,但是真实存在。

"我要幸福,我一定要幸福。"她暗暗下定了决心。儿子和丈夫就是她的世界,她一定要保护好自己的家,自己的这个小世界。

突然,手机铃声响起了,薛娟一看,是区财务局李局长的。她赶忙接通了电话。电话那头传来李局长的声音:"小薛啊!我是李有为。"

李局长叫李有为,今年52岁了。他有点秃顶,中等身材,微微偏胖,对待下属很严厉,局里个个都害怕他。

"你好李局长。"

薛娟心里咯噔一下,是不是自己上午在市里学习下午没啥事不准备去了,李局长知道了?不会吧?顿时薛娟卡了壳,不知道该怎么说了。

"有个亲戚想在联合医院心脏内科病房住院,现在那边没有病床,这事还请你老公打个招呼,你看什么时候方便?要不约出来我请他吃个饭?"

一听李局的这句话,她的心一下子便放了下来,连忙说:"李局长,这事你让你亲戚和我联系就行了,你不用操心了!"

"那好,谢谢你小薛,那明天开会时见!"

刚挂掉电话,K31路车就来了,薛娟最后一个上了公交车。虽然很长时间没有来车,但因为还没有到上班时间,车还很空,她看到最后还有一个位子,就去坐了下来。

薛娟拿出手机,她一边无意识地弄着手机上的挂坠,一边沉思着:李局长找自己有什么事?难道是这次局办提拔副主任的事?自己心里明白,机关空一个位子大家都在盯着。竞争太激烈,自己又不出色,基本上参加也是垫背的。

这段时间,不知道是错觉还是什么,薛娟总感觉李局有些怪怪的,言辞之间总有一种说不清楚的暧昧感。因为工作的关系,她不可避免地要与他接触,很多事情是无法回避的。

记得那天她给他送一个材料,谈完工作,他突然很温柔地看着薛娟:"怎么样?最近是不是太辛苦了?"那神态和平时那种严厉的感觉截然不同。薛娟还没有回答,正好有人敲门进来。李局长竟然直接拿起桌上的文件对她说:"报告整体结构不错,个别的段落按照我说的修改一下,下午给我。"要知道,刚才他已经认可了这篇报告啊。

公交司机不慌不忙地开着车,薛娟望着车窗玻璃上掠过的一辆辆车影思考了好一会,也没有得出什么实质性的结论,她只好放弃思考这个问题,兵来将挡,水来土掩吧!也许是错觉呢。

第二天开会,薛娟特意坐到了一个角落里,她原本想着没自己什么事,可以悄悄地和陆远发发微信什么的,没想到在会议上李局长当着全局人的面夸了薛娟。他说薛娟是个好同志,积极上进,工作也很认真,是个好苗子。散会后,薛娟顿时成为了焦点人物,大家都知道局长从来是不对任何人评价的,还有个别同事私下议论她给局长吃了什么药,薛娟真是有苦说不出。

开完会,薛娟去给李局长送材料。正要离开的时候,李局长叫住了她。他并没有看着薛娟,而是盯着材料,嘴角还带着微笑:

"小薛,今天开会感觉怎么样?"

"您对我的夸奖真的是太过了,我还需要努力。"薛娟只能这样回答,她突然感觉非常别扭,李局长貌似不是这么和蔼的人啊,难道是因为他亲戚住院的事。

"呵呵,你就别谦虚了,你的努力我们都看在眼里。是这样,明天在晋安市有个会,时间很紧张,你今天稍微加个班,写个讲话稿出来,具体开会内容和材料在这里,你拿去做参考。完了你也一起去,大概两天就回来了,家里你先安排一下。"

"……嗯,好的。"李局长说的话转移了她的注意力,两天?陆远也不在家,只能把子轩先托付给邻居了。不去也不行啊,刚刚开会的时候李局才夸奖过自己。

下午6点,薛娟给邻居家打了个电话安顿好了子轩,就开始写讲话稿。没想到在写到一半的时候,李局长居然来了。

"小薛,在写东西啊。"李局在背后说。

薛娟的心里紧了紧,应了一声。这个时间大家早都走了,偌大的办公室只有她和李局长两个人。日光灯只开了一个,除了薛娟在的这个角落,四周一片昏暗。

李局走到她身后,手搭在她的背上,薛娟全身的肌肉都绷紧了,但是她依旧没理他,接着写材料,没想到他竟然低下头亲吻她的头发,手在她的身上摸索着。

薛娟忍不住了,她站了起来,装着要倒水。他殷勤地说:"宝贝,我给你倒。"看他离自己远了些,薛娟稍微呼了一口气。没想到过了一会儿,他端着水又靠近了她。薛娟悄悄地摸出了手机,按响了手机铃声。

"哦,你到了啊,我马上下来。"她装作接电话的样子。

李局长站住了,他几乎是狠狠地看了薛娟一眼,很无奈的样子:"怎么这么晚还有人找?"

"噢,朋友约我很长时间了。""我知道你聪明,但不要用在我这儿,懂吗?"

薛娟没有说话,她收拾好东西逃难般地离开了办公室。

第二天刚上班,她就被叫到了李局长的办公室。他也不抬头,看着手中的材料:"你这是怎么写的,语句不通顺,光错别字就好几个。"她急忙过去看,要知道给他写东西她是特别注意的,生怕哪里出错让他抓住把柄。昨天这讲话稿是她回家后熬夜赶出来的,自己仔细检查过,应该没问题啊。

"行了,有问题就是有问题,不要推脱,今天中午出发去晋安市,你路上再修改吧,工作很多,去忙吧。"

看着李局长一本正经的样子,薛娟那句不去晋安市开会的话说不出来了,她只能闷闷地应了一声,出了李局的办公室。

坐在办公室里,薛娟觉得她真的不愿上班了,但不上班总得有借口吧。她也想过要把这件事情告诉陆远,但是她又不想让陆远为自己操心,她确实不想像这样天天提心吊胆地上班,每天她的神经都高度紧张。时间久了肯定不行啊!她心事重重地呆坐着,同事都看出来她不对劲了。

"娟儿,你怎么啦?是不是太累了?要好好休息,注意身体啊!"同事关切地问道。

"没事。"薛娟苦笑道。

薛娟想,真不知道还有多少像她这样受到性骚扰的女性为此而烦恼和痛苦不堪,但又有几个女人有勇气站出来理直气壮地讨说法呢?出于这样那样的顾虑,怕丢了工作,怕同事们异样的眼光,大多数女性都选择了沉默和逃避。但愿昨天的反映能让李局长明白自己的态度,不要再纠缠自己了。

中午1点,薛娟和李局长还有几名同事出发去晋安市了,晋安市在滨河市东边,大概需要一个小时车程。薛娟特意没有和李局长坐一辆车,因为同行的还有几名同事,她稍微放心了些。

到晋安市是2点半,会议3点开始,4点半就开完了。会议结束后,晋安当地的区财政局招待他们吃饭。薛娟本来不想去了,但是李局发话说一个都不能少。同事们都去,总不能就自己搞特殊吧!没办法,薛娟还是去了。

在吃饭的时候,薛娟看李局长喝得差不多了,就硬着头皮问了句:"李局,还能行吗?"他手一挥:"能行,当然行,男人可不能说不行!今天高兴,这点酒没什么,你也要多喝点。"他一个同学接茬道:"还是有个女秘书好,赶明我也配一个。"大家哈哈大笑。薛娟窘了窘,脸红红地坐在了座位上。

回到会务组的宾馆,几个同事都喝了些酒,只有薛娟没喝,结果照顾李局长的任务就理所当然地落在了她的身上。薛娟给他泡了茶,让他醒醒酒。也许是酒精的作用吧,李局长跟平时判若两人,话特别多,她只好如坐针毡般地听着。说着说着,就聊到了个人生活方面。原来,他出生在一个贫穷的山村。名牌大学毕业后,分配在区上基层工作。工作两年后,被一位领导招贤纳婿。他的这个独生女老婆从小娇生惯养,生活能力比较差,根本不会照顾人。他在外边忙工作,回到家还要做家务,就这样老婆也不满意,整天为了鸡毛蒜皮的事唠唠叨叨的。虽然工作是靠自己的能力,但老婆却经常敲打他不要忘本。他也想过结束这段婚姻,但为了自己的前途,为了孩子,只好忍了。他对老婆从来没爱过,只是凑凑合合过日子而已,更不要谈感情了。

看他伤心的样子,薛娟不知道该说什么了,就将水递了过去。让她没想到的是,李局长突然抓住了她的手,薛娟有些慌乱:"李局,不早了,您休息吧。"没想到在她转身离开时,他突然从后面抱住了薛娟,薛娟又羞又急,慌忙挣脱着:"李局,您喝多了,快放开我……"他抱得更紧了:"小薛,从我看到你第一眼,就喜欢上你了,你的气质,你的温柔,你的一切,就是我想要的那种女人,你就是让我苦苦等待的梦中情人,你就是上天派来拯救我的啊!"他边说边疯狂地吻着薛娟。看着他疯狂的样子,原本还处于慌乱中,马上要哭出来的薛娟,突然出人意料地安静了下来。她眼睛里还噙着泪,但是面无表情,她就那样看着李有为,然后抽出一只手,狠狠地扇在了他的脸上。

清脆的巴掌声回荡在房间里,李有为捂着腮帮子,满脸茫然地看着薛娟。他怎么也没有想到薛娟居然会打他,而且下手这么不留情。在他的印象里,薛娟应该是个逆来顺受的人才对啊!

薛娟冷冷地瞪着他,然后什么话也没有说,径直离开了房间。她没有走电梯,而是走到了光线昏暗的楼梯间里。

到了楼梯间,薛娟停住了脚步,她能感觉到自己的心脏依然在咚咚的跳着,眼角还依然含着当时那屈辱的泪水。她镇静地掏出了手机,拨通了家里的电话。

"子轩,是妈妈,吃完饭了吧,晚上作业写完按时睡觉啊,别给阿姨添麻烦,妈妈很快就回去了。"她努力让自己的声音平静下来。

"嗯,我知道啦妈妈,阿姨给我做的饺子呢,阿姨还说了,晚上她陪我睡,阿姨说她家人太多没地方,不然我肯定有自己一个人的床,不过我喜欢和阿姨在一起,她给我讲故事呢。妈妈你也好好吃饭呀。"子轩很懂事的说。

"乖,那妈妈挂了啊。"她慢慢地挂掉了电话,准备给陆远打过去。但是看着电话号码,她犹豫了很久,又一个一个将那些数字删掉了,这个电话终究还是没有拨出去。她慢慢地蹲在了楼梯口,抱着双臂,将头深深地埋在怀里。薛娟满腹的委屈,不能跟儿子说,不能跟父母说,也不能告诉陆远,她连一个倾诉的人都找不到。良久,一丝呜咽的声音传了出来,静静回荡在空旷的楼梯间里。没有人知道她在那里待多久……

第二天,薛娟主动找了李局长,告诉他自己录了音,如果他再放肆,她就不会再客气。

李局长坐在沙发上,笑得很是生硬。

"小娟我没有恶意的,只是喜欢你才这样,我从不喜欢强迫人,你就是对外界公开,我也敢说喜欢你!当然了,你不喜欢我也不会勉强,就当以前的事没发生过。"

他说完后一脸无辜地坐在那里,好像就在等待着薛娟的审判,薛娟简直恶心极了,她轻蔑而愤怒地看他一眼,走出了房间。外面的阳光有些刺眼,薛娟用手遮着眼睛,透过手指缝,她望着这个笼罩在她头顶的天空,跟天空的无限和永恒相比,自己限小的生命算得了什么呢,也许,连一粒尘埃都算不上,那些自己以为无法释怀的烦恼,跟无法触及的天空相比,更算不上什么了,想到此,就那么抬头望着天。她的心情轻松了很多。

会终于开完了,开会期间,李有为压根都没有再提过薛娟,也没有再找过她。偶尔在会议室里迎面碰上,李会略带一些尴尬地对薛娟笑笑。薛娟呢?好像这件事压根儿没有发生一样,见到他依旧很尊敬地喊一声:"李局长。"看到薛娟这个样子,李有为提起的一颗心终于回到了肚子里。一个月后,局里提拔干部的时候,薛娟直接被任命办公室副主任。对此,周围的同事依旧不理解到底是为什么。面对这些质疑,薛娟只是笑笑。她知道,他提拔自己不是因为我的能力,而是因为他心里有鬼。从今天开始自己再也不会害怕这个淫棍了!她没有和陆远提自己提拔的事,更没有和他提自己和李局长之间的波折。她就和很多坚强的女性一样,将许多许多都藏在了心里。

11 近在咫尺

又是夕阳西下的时分,陆远和满山红在见面的牌坊前分了手。临走时满山红那一脸的幽怨陆远佯装没有看到。对陆远来说,网络上的恋爱一旦成为了现实,如何保持双方关系的火候就成为了首要的问题。陆远并不想打破现状,他并不了解满山红,也不想了解。与满山红保持目前的距离是最有安全感的,了解得越多,自己就越容易患得患失。除了性,他并没有打算真正付出自己的感情。

目送满山红离开后,陆远打了一辆车直奔会场。今天是活动准备的时间,陆远到会场的时候,会场已经快关门了,他随便转了转,和几个熟人打了招呼,一起去吃了晚饭,回到会议定的宾馆房间的时候已经是晚上 8 点了。宾馆是商务间,自带电脑。路远打开电脑,略显无聊地在网上搜看着新闻。突然,两声聊天请求的滴滴声,转移了陆远的注意力,他看了眼电脑屏幕的右下角,是"云和月"。

如歌的咖啡飘然而至……

最近这段时间,陆远并没有和如歌聊天,如歌发来的消息他也装作没有看到。最初是因为"侬梦"的事让他对网恋有了些许忌讳,后来则完全是在使手段了。对陆远来说,感情就是一场游戏,为了在游戏中保持主动性,在时不时的沉默中观察对方的反应,恰好能证明自己在对方心目中的地位。陆远认为,没有得到的才是最好的,他经常会得意有的女人真爱自己,但又害怕自己会被这个女人缠上。其实是从这个女人想要嫁给自己那一刻开始,自己就已经在心里盘算着如何全身而退,自己的底线是绝不可能为这些女人做傻事。

记着几个月前登山时认识了一个群里叫"冰儿"的驴友,有了那种关系以后,一来二往冰儿就对自己动了真情准备嫁给自己。陆远就略施小计,在冰儿写下诀别信准备离去的那个晚上,自己跪在"冰儿"的面前,流着泪说自己心已碎会把对方珍藏在心底最深处。冰儿信了他的话。但是陆远并不明白,如果将爱当做一场游戏,自己最终会输得很惨,因为唯一无法用理智去操控的,就是爱。有的人认为,男人与女人的爱情是有区别的:男人爱上一个女人可以在一秒间发生,那是一见钟情;但是女人却不可以,女人必须在与男人的相互了解中慢慢地建立感情。当男人爱上女人时,女人也许才刚刚喜欢上男人;可当女人逐渐地从喜欢升华到爱时,男人却因为厌倦了而抽身离开。男人的爱情就像龙卷风,来得很激烈却也走得很迅猛。爱,没有谁对谁错,只有缘浅缘深。

看着如歌送来的咖啡,陆远很高深地笑了:

"我在丽江出差呢,前段时间太忙了,回来就请你喝咖啡。"

"怎么,不敢来吗?怕我会吃了你?"

面对陆远的回复,如歌很开心,陆远终于回复她了!

自从上次聊天后,陆远就消失了,不论如歌怎么Q他,他都没反应。她知道陆远出差了,或许他很忙吧!如歌时不时地在心里猜测着。心情莫名其妙地有些郁闷,因为陆远或者因为什么?又或者什么也不因为?

这段时间,没事时如歌常常静坐在电脑前,敲打着键盘,移动着鼠标,在虚幻和现实的世界中来回游走。有时一天无所事事,无聊至极,到了晚上躺在床上,居然不记得一天都干了什么,说了什么样的话,见了什么样的人。如歌是个很感性的人,或许是有点小资吧,一句话,一首歌,一本书,一段电影的情节,都会让她感动得一塌糊涂,在心里大声呐喊了三次"忍住"以后,眼泪还是会不自觉地流淌下来。这时她自己都会嘲笑自己,唉,真是失败。

　　一个人的时候,她也常常呆呆坐着,脑袋里想些稀奇古怪的东西。譬如说,想象着自己像孙悟空一样会翻筋斗云,一个跟头翻到飘浮的云彩上,看看书。偶尔偷个懒,信手捏来一片云朵当做书签,垂眼看一看俗不可耐的尘世。其实自己又何尝不是凡夫俗子一个呢!

　　自从认识了陆远,自从两个人开始聊天,如歌满脑子都是陆远的身影,挥之不去。和陆远聊天,已经成了她每天最期待的事情。只要上网,她几乎每十分钟就会找到他的头像看看,有时,也会耐着性子克制住自己半个小时都不看那个头像,仿佛这样再看时那个小狗头像就能够突然亮起似的,但让她失望的是,每次都是灰色的小狗,那种迫切见到他的想法也一下破灭了。很奇怪,见到他心跳,不见他还心跳。"你还想怎样?夏如歌!你怎么变得这么没出息,以前不是这样的呀!"如歌在心里埋怨着自己。明知道他不在,如歌只好给他在网上留言。有些质问和埋怨的味道,如歌嘲笑自己,怎么把自己搞得像个怨妇似的?她其实很希望能和他通电话,想听听他的声音。可他好像总是比别人慢半拍,把自己的电话告诉她后,就没下文了。气得如歌在心里说了上百次的木头!

　　她知道陆远和自己在同一座城市里,她甚至在想,也许两人曾经见过面,只是相互不认识对方而已。想到陆远有可能曾经出现在自己身边过,如歌心里就会一阵激动。

现在面对陆远的挑衅,她开心之余身体也很有些蠢蠢欲动了,她对自己很自信。

"你是不是怕我和你一夜情?是不是怕见到我就无法自拔了?"

面对他不紧不慢地挑逗,如歌飞快地敲出一段话:"我怕,我还没怕过人呢……"

"那就说定了,我不敢想你长什么样,要是恐龙的话我马上就走……"

"坏男人,好色之徒。"如歌敲了一连串义正词严的话语过去……

八千里路:你的电话?

云和月:15964208819。

今天吴畏又不在家,女儿也已经睡了。如歌有些激动,又有些忐忑地敲下了自己的手机号。过了不到两分钟,如歌的手机响起,她把电话拿起查看,是一条短信,他的号码。如歌悄悄地抿嘴笑着,打开看到,"通了!"这么简单,第一次发短信也不说问候一下,多说几个字。如歌马上用手指在触摸屏上写上"收到"回复他。电脑上的小狗再次闪跃:

八千里路:给你打个电话?

云和月:好。

以前一直想听到他的声音,总是很期待,马上要接到他的电话,如歌的心里又变得异常的紧张。手里紧拿着手机,看着屏幕,脑子里飞快地转着,要和他说些什么呢,第一句说你好吗?还是问他最近很忙吗?笨!人家当然很忙了,还用问啊。如歌在心里骂着自己。心想着平时很冷静稳重的人,怎么在他面前变得这么慌张呢。音乐铃声响起,如歌一个战栗,低头看看来电显示,是他的电话。深呼吸,放松,不紧张,她在心里反复说了几遍后,一只手紧紧地抓住了胸前的衣服,接通电话。他没有声音,如歌也没有出声,两个人都在默默地拿着电话,互相听着对方的呼吸。如歌更加紧张,手心里冒出的汗迹把电话都打湿了,另一只手把衣服揪成了一团,就像她现在无比慌乱和扯紧的心。就这样,时间好像静止了,如歌也好像静止了,她能感受到他就在她的身边,这时候如歌觉得离他真的好近,他就在电话的另一端,触手可及,他也在接通电话的瞬间变得清晰起来。嘟嘟的忙音让如歌清醒过来,他把电话挂断了。"一句话也不和我说,真气人!"如歌暗自生气。

云和月:怎么不说话?

八千里路:听到我的呼吸声了吗?

云和月:听到了。

八千里路:离你很近。

云和月:是。

手机彩铃再次响起,是陆远。平静的心瞬间又变得紧张起来,她平静了两秒钟,把电话接通。

"这次我说话了,呵呵。"陆远的声音从话筒传来,很有磁性,也很沉稳。

如歌想把他的声音抓住,很远,又觉得近在咫尺。她张张嘴想说些什么,可张了半天也没说一句。

"在听吗?"磁性的男中音再次响起。

如歌赶紧说:"在呢!有点紧张,不知道说什么好。"她解释着说。

"你还好吧!我后天就回去了,有时间吗?一起喝茶?"

"好,那后天联系吧!闲了我给你网上留言,再见!"

整个通话持续了不到三分钟。如歌挂掉电话后深呼了一口气,和陆远通话自己连拒绝都不会了,自己何尝又不是想见他。话已经出口,自己又后悔了,自己回答得这么痛快,陆远会不会觉得我很轻浮?如歌感觉脸烫烫的。自己平时口才很好的,为什么面对陆远会变成这样！电话挂断了后如歌长舒了口气，埋怨着自己，真是笨的可以了。这时她才发现，自己紧张地出了一身的汗。

和"云和月"通完电话，陆远满意地笑了笑。从她的声音就可以听出她很紧张，明显之前从来没有和网友打过电话，而且从她最近的表现来看，她明显已经喜欢上了自己。陆远喜欢这种欲擒故纵的感觉。从聊天的感觉上看，如果说"满山红"是酒，那"云和月"就是咖啡。酒要浅尝辄止，而咖啡却可以细细品尝。陆远已经有些期待和"云和月"的会面了。

关了电脑，陆远洗了个澡，躺在床上给家里打了个电话。这时已经10点了，但是家里的电话却没有人接。陆远有些奇怪，又拨通了薛娟的手机，好在薛娟很快就接通了电话。

"喂？娟，你和子轩不在家么？"陆远问。

"嗯，我这边开两天会回不去，现在在宾馆。子轩这会在隔壁刘姨家呢。"薛娟的声音一如既往的温柔，可是听起来有着浓重的鼻音。

"你怎么了？感冒了么？天气开始转凉了，要多穿衣服。"陆远没想那么多。

"嗯，有点，没关系。你在丽江也要注意身体，别太辛苦，早点睡觉。我和子轩都好着呢。"薛娟的声音，除了有些闷，听起来一切正常。

"好，我后天就回去了，替我和隔壁刘姨道个谢，回去给你们带礼物。"

"嗯……老公？"陆远说完，刚准备挂电话，薛娟又叫了他一声。

"怎么了老婆？"陆远有些好笑，自己这才出来几天老婆就这么黏人了。

"……没怎么，我爱你，老公。"说完这句话，薛娟就挂了电话。

陆远拿着手机,略有一些意外。薛娟是个很内敛的人,平时不会说这些肉麻的话。是不是工作上有什么不愉快?不论如何,薛娟毕竟是自己的妻子,这么多年对自己也是照顾有加,对薛娟,陆远心里是有一些愧疚的。"回去了问问看吧,明天抽空买些礼物带回去。"随后陆远不再思考这个问题,倒头睡了。

12 指南针酒店

和陆远通完电话,如歌习惯的拿出厚厚的日记……

3月31日　星期四　晴

吴畏在单位上案子,刚刚和"他"通了话,第一次听他的声音,让我紧张、让我心跳,让我开心。他是什么感觉呢?也是像我这样吗?我喜欢他吗?喜欢!他喜欢我吗?不知道!我爱上他了吗?

如歌停下笔,心里反复问着自己。爱他吗?素昧平生就有这种感觉?

"爱不是千言万语,也不是朝朝暮暮。爱是每当午夜梦醒时,发现内心牵挂的依然是你。"

如歌发现当内心想起一个人可以很温暖是一件很开心的事,有人曾不无感伤地这样倾诉着。

"最美丽的相遇自然是不期而遇、擦肩而遇,遇见了你,让我的生命不再平凡,从此以后,在我的世界里多了一个你。爱他吗?爱他!"他的身影,不断地在她脑海里起伏。自己对他的思念在不可遏制地生长着。他说的话,还在如歌的耳边萦绕。自己这是怎么了,怎么总会不经意间就会想起他呢?这份无时无刻的牵挂,让如歌手足无措,难道是爱上他了!这个想法在她的脑子里突的闪过,心跳又开始加速。不会的,怎么可能呢。自己怎么会爱上一个网络上的陌生男人呢,一定是错觉。电话铃声又再次响起,想到和"八千里路"的约会,如歌的心又怦怦地跳起来,她看看手机,才放下心来,还以为又是他呢!想到他们短信约好在陆远回来的那天下午3点长安街老槐树咖啡厅见面,如歌心里如同小鹿一样乱撞。

第三天上午9点左右,如歌给吴畏打了电话,说今晚单位有聚会,会回来晚些,如果不忙要回家吃饭的话就自己凑合下。晓雪不用管,晚上爸来接。因为会议马上轮到吴畏发言,他只说了一句:"好吧,我开完会打给你。"就匆匆收了线。如歌挂了电话,吴畏的态度让她心里莫名地更加坚定了起来。

因为如歌和陆远都住在高新区附近,二人不约而同地选择了岚山区的长安街。这里虽然是岚山区最繁华的地带,不是有句话叫"最危险的地方就是最安全的地方"么?这里人流量很大,离高新区也很远,吴畏虽然在岚山分局上班,但是离这里也很远,早在去年,长安街就已经完成了旧城改造,餐饮、茶秀、足浴店、购物商厦、高楼林立一片繁华景象。

吴畏和队里内勤韩永今天刚好在长安街附近查一个案子,赵旭也在,三人刚从街心老魏家面庄吃完面出来。吴畏看了看手表,时针刚好指向下午2点50分,女尸案子没有进展,吴畏的心情一直很郁闷。

"暂时先别回局里。"吴畏告诉小王,他考虑,在街上转转也许就有意外收获。

"赵大记者,你还不回去啊?"这么些天,吴畏和赵旭也比较熟了,他无奈地看着一脸无辜的赵旭。

"你们找线索嘛,我当然要跟着了,也许我发现的比你们还多。"她调皮地笑了笑,先钻进了吴畏的车。吴畏没办法,只能上了车,打转向灯转方向掉头向大街北边一路开了下去。

"吴队,你看嫂子在路对面。"车行驶了 10 分钟后,一直沉默的韩永突然说道。

吴畏回过神,扭头看过去,路西侧正看见如歌目不斜视挎着小包熟悉婀娜的身影,这时才想到如歌今天还给自己打电话说晚上单位有聚会,一般这是她在公司上班时间,这会能去哪？没有开车方向也不是单位？虽然吴畏疑虑重重,但最终还是被信任打消了。

吴畏虽然是个工作狂,但是是个很正统的人,除了喜欢没事时喝两杯,为人诚实本分,是个爱憎分明的人。以前只要没案子,一下班他就急匆匆地往家跑,还被单位的人笑话过。可是随着当上这个队长,一切都不由他控制了,工作太忙,他无法再和以前一样顾家。渐渐的,他也觉得如歌对他变得有些冷漠了。吴畏知道,自己喝酒之后是有些失控,加上工作的压力很大,酒后对如歌是有些失态,可是在吴畏心里,家才是最温馨的港湾。虽然在工作中、社交场,形形色色的女人接触多了,向他接近的女人也不乏其例,但吴畏没有因情感的困惑出轨,反而面对如歌总有内疚,自己十天半个月不在家,如歌一个女人还要上班还要带孩子照顾老人。

看着如歌的身影,吴畏握着方向盘的手不由得紧了紧。如歌还有个亲哥哥,父亲在如歌年幼的时候已经去世,孩子都是如歌的母亲一个人带大。如歌的大哥在加拿大留学,后来定居在了那里,之后将如歌的母亲也接了过去。平时,自己的父母在城里住不惯还在在农村,如歌就隔三差五代自己回农村看望,去年老父亲痔疮,如歌请了一个月的假在医院守护,从来没有叫苦叫累,自己明白自从结婚开始自己这些年来为这个家付出得太少了,而自己能做的就是始终恪守着洁身自好的原则。

想到这里,吴畏正想停车喊住如歌,如歌却刚好接了一个电话,吴畏便没有出声。只见如歌停下脚步掏出电话说了几句话之后,径直走向街边的老槐树咖啡厅。

上班时间不上班却在咖啡厅谈事,疑虑顿时涌上了吴畏的心头,这边距离太远,他也没听到如歌在电话里说了什么,略一思忖,吴畏拨通了如歌的电话,

"您好,您所拨打的电话正在通话中,请稍后再拨。"电话听筒第一次传来占线的声音。

"如歌,你今早打电话我当时在开会,接通不方便,晚上聚会回来晚注意安全。"电话接通后,吴畏便说。

"老公你不用操心了,公司聚会人多,我又不喝酒,你自己才要注意呢。对了,单位又发了一些木耳香油,这周闲了我给咱妈爸送去。"如歌的声音没什么问题,还是那样清脆悦耳。

"好吧自己多小心。"

"你也一样,好了不说了,我接个办公室电话,拜拜!"

如歌电话已经挂了很久了,吴畏还没有回过神来,去茶秀为什么要骗自己?吴畏的脸色阴沉的就好像风暴来临的前夕。韩永跟吴畏了两年,明显能察觉到他神色的变化。

"吴队,嫂子怎么了?"

"没大事,是工作上的事。"

也许是职业的习惯,自己也是身经百战的老刑警了,不会冲动的现在就进茶秀查个究竟。想到这,吴畏开始宽慰自己,看见的未必是真的,如歌有事瞒自己但也和出轨不能画等号,多年的夫妻就开始怀疑,自己是不是得了外人所说的职业病!

车里的赵旭将这一幕全部都看在了眼里,女人的敏感告诉她如歌肯定有故事,但是她没有说话,只是悄悄地看了一眼吴畏。

"走,回局里,看案子有什么新进展!"

吴畏一脚油门,离开了这里。

下午2点50分,如歌今天特意化了淡妆,穿上感觉还不错的衣服,因为约定地点离咖啡厅很近,她没开车,步行走到了老槐树咖啡厅门前,犹豫了一下,还是拨通了陆远的电话。

"云和月,你先到了,我正停车马上就到。"电话那端传来陆远磁性的声音。

想到马上就要见到陆远,如歌心里一阵紧张。

她快步走进咖啡厅,下午时分,咖啡厅了人并不多,如歌随手翻着桌上《时尚》杂志一边漫不经心地用着咖啡,坐在桌旁等着"八千里路"。

咖啡厅里经典的理查德曼的钢琴曲百听不厌,零零星星的几个客人坐在角落里,窃窃私语着,包厢内不时还会传来几声爽朗的笑声……

当指针指向3点时,"八千里路"出现了。中等身材,是一个挺阳光的男人,外形要比实际年龄小几岁,乍看也就30出头。敏锐的目光,鼻子高挺,自信的眼神,一件立领黑色夹克穿在他身上显得成熟干练。

"先生,这边请。"门前穿红色旗袍的女服务员笑吟吟地殷勤招呼着。陆远微笑着在如歌对面坐下,服务员随后端上了咖啡。

"先生请慢用。"

"谢谢。"

陆远坐下后直视着"云和月"。

"你先到了。"

陆远对如歌似笑非笑地挤挤眼睛。

不知道为什么如歌很迷恋他的这个表情。其实从他进来那一刻起,如歌的眼神就没有离开他过他,如歌知道,这个人一定就是"八千里路"。如歌突然觉得很奇怪。对面这个似笑非笑的男人到底给自己吃了什么药,自己有一个温馨的家,能干的丈夫,虽然他酒后有些毛病,但是这并不是太大的缺点,她还有一个活泼可爱的女儿。但这一切,都因为"八千里路"的出现而发生了变化。难道是生活太过平淡,缺乏刺激? 抑或者,偷来的感觉才更香?

认识"八千里路"一来,如歌一直在问自己,是因为和老公没有了昔日的激情,寻找一夜情吗? 她明白自己并不全是这些,她更知道和走进自己生活的"八千里路"没有未来。每当想到这里,她就不敢再往下想,但越是挣扎就越陷越深,其实她明白大多发生婚外情的家庭,都认为可能他们的家庭当中本身就或多或少存在着一些问题,在某一个合适的机遇下,便顺理成章出了轨。然而,像这样一个幸福的家庭,却为何也经受不起外界的诱惑呢?

"十年婚姻敌不过一次出轨!"越来越多的女人感慨这个时代的无情。出轨让婚姻变得如此不堪一击!

"'云和月',想什么呢? 不说话,不会嫌我来晚了吧!"

"是啊,就是。"如歌装作很生气的样子。

"呵呵,'云和月'怎么能离开'八千里路'呢,八千里路云和月本来就是一对。"

说着他伸手过来按在她的手背上,他的手指很修长,如歌很喜欢他的手,温暖而有力量,肌肤接触的瞬间她感到自己的脸火辣辣的,心也跳到了嗓子眼儿,这种感觉也只有她和老公吴畏初恋时才有。

自己又不是小女孩了,还会这样? 如歌在面对这个男人时有一种强烈的依恋,她自己也不明白为什么会这样? 和陆远见面前还暗暗告诉自己,第一次见面,女人要学得矜持一点,别让对方看轻了自己。

陆远的手在离开她时,还轻轻地在如歌的手心挠了一下,如歌羞得连忙把手缩了回来……

陆远坐在那里,目光凝视着如歌,眼睛里面尽是温柔。

她喜欢叫他"八千里路",因为这个称呼是她独一无二占有的,她不想和别的女人一起分享他的名字。没见面时,总是想象和他见面时的情景,他磁性而浑厚的声音让她为之震撼,通话时她的心总是跳得咚咚的,好像又回到了情窦初开的年龄,自己又变成了那个没有家庭拖累的小姑娘,他能在自己失落的时候用温暖的话语抚慰自己。

见面的瞬间自己突然发现,他已经走进了自己的心里,她爱上了他,不能没有他。

这个阳光明媚的下午,从喝咖啡到指南针酒店开房没有多说一句话,好像一切都是顺理成章的,如歌34岁以来第一次面对自己老公以外的男人,心里害怕极了,当陆远在床上抱着自己的时候,她害羞了,推说自己要洗澡,洗澡时她一直在想,后悔了吗?现在还来得及!心跳得厉害,有时候真是痛恨自己,没出息,连拒绝都没有勇气,起码也装一下!难道是害怕洗完澡浴巾里裹着的身体,小得可怜的胸部被他看见了!自从生下晓雪后,自己本来就小得可怜的胸部更是变得一马平川了,像一个飞机场的跑道,连老公也不止一回地笑自己的胸部能跑飞机了。

"你再不出来,我可要闯进去了!"陆远在浴室外面下了最后通牒!

"好了,好了,马上出来!"如歌在浴室里一边慌忙答应着,一边用手拍了拍早已经站得酸痛的双脚。心里想着,难道这就是自己期待的?她又紧张而又向往,不经意间又往下拽了拽短的不能再短、薄的不能再薄的内衣,内衣穿在身上,把她的身材暴露无遗,如歌里面穿的黑色蕾丝边的内衣底裤更让她显得性感妩媚,心里也紧张,自己怎么会如此狼狈。她狠了狠心,推开浴室门走了出去。陆远的眼神随着她的出现,一下变得火热起来。她感觉到他的变化,眼睛色色的,嘴里对她嚷着:"这么慢呵呵！我等的花都谢了。"底气虽足不过语气中明显带着羞涩和紧张。

她迅速地钻进被窝，背对着陆远躺下。房间里一片寂静，只有彼此的呼吸声。如歌紧张地闭着双眼，突然感觉有人开始轻抚着她的后背，湿热的嘴唇在她的脖颈上轻吻。

如歌闭着眼睛感受着这一切，想推开他，偏偏身体软得不行，动也动不了。他的唇息呵在她的肌肤上，炙热滚烫。陆远呻吟着从后面抱着她，吻着她耳后的肌肤。她只觉得有股战栗从她的脖颈传到血液，麻麻的，又从血液钻进她的心底。身体因为紧张和羞涩而变得僵硬。他含住她的耳垂，在她的耳边用低沉沙哑的嗓音呢喃着唤她：宝贝，放松！如歌拼命地想找回最后一丝控制力，可双手却像被施了魔法一样，不知不觉地搂住了他的腰，只希望这只是一场梦。他的吻，好温柔，温柔得令她的心狂跳，令她不能自已。她的肌肤柔滑滚烫，直到他吻上她的唇，才知道如歌的嘴唇冰凉中带着香甜，吻上不愿放开。陆远的呼吸越来越急促，"吻我，如歌！"他的声音像魔咒般蛊惑着她，她开始回应着他的吻，如歌的呼吸中带着令人迷醉的香气，她把他压倒在床上，双手轻柔着爱抚他的脸颊、发梢，深深地吻在了他的额头。这个吻，从眉心烫过他的喉咙，烫过他的五脏六腑，烫过他的指尖，烫过他的每一份血液，烫进他的心底。甜蜜的粉舌吻得他那样深，她的气息充满他的全身，她的小手在他的胸前一寸一寸的抚摸，她含住了他胸前的小蕾，陆远低声呻吟，身子弓了起来，用力吻住她，这个吻热烈而炙热！

一缕阳光沁过窗帘，如歌把头深埋在陆远的胸前，静听着他的心跳，"如歌……"陆远喃声唤她，如歌在他怀里，侧仰起脸看着他，她能感到自己的双颊火热热的，看着如歌晶亮的双眼，他心中情动，忍不住又吻上了她的面颊。如果时间永远静止在这一刻有多好！如歌心里有太多的不舍与无奈，叹息着在心里悄悄地问：你可知道我是如此的爱你吗？没有回答，只觉得陆远的双臂搂着她更紧了！

　　如歌与浪花欢腾，与浪花惊呼，与浪花追逐，与浪花宣泄。如歌喜欢在完事后让他从后面紧紧抱着的感觉，一种安全感，她能感觉对方的呼吸和心跳声，面对这样的男人，她还能说什么呢，无法拒绝的温暖让人窒息。他伸手扳过如歌的肩膀，温柔地说：我抱着你睡好么？如歌没有说话，心里涌动着一丝满足和感动。

　　做完以后，看着他满足的样子，她趴在他的胸口，闭上了眼睛，不知道为什么，她忽然想起了老公吴畏，感觉很对不起他，想起了自己的女儿晓雪，自己有点想哭的感觉。

　　晚上9点10分，如歌坚决不让陆远送她，一方面是担心路上熟人太多，另一方面是想让自己内心安静下来，今天是她和老公吴畏结婚后第一次出轨，公交车靠进站台后她上了车，这时车厢里稀稀拉拉的几个乘客，划了卡自己挑了一个靠近车门的位置坐下来，司机关上车门报着站台名，车缓缓地离开站台，她看着车窗外万家灯火，不知为什么此时的自己大脑一片空白，满脑子都是自己刚才和陆远的抚触亲吻下自己的颤抖，犹豫、害怕、不安乃至渐渐解放而享受到的激情和愉悦；恐惧矛盾、羞愧感与兴奋热情中自己对自己感到厌恶，甚至恶心，但又忍不住回味着刚才的高潮……

13 快递公司

自从看到如歌的举动,吴畏总觉得心中不安,他总觉得如歌肯定有问题,和韩永还有赵旭回到局里之后,他找了个借口一个人直接开车奔向通讯公司公安处,由于职业的便利,半个小时后他就已经调出了近一个月如歌的通讯纪录详单。

拿着如歌的通话详单,吴畏有一丝的犹豫。像这样偷窥妻子的隐私,他从来都没有想过。可是一想到今天看到的那个场景,吴畏咬了咬牙,还是看了起来。

通过仔细地比对,如歌的通话详单里,有一个叫薛娟的,名下手机号为 13963190181 的号码和如歌的最近一段时间通话频繁,目前能确定的是刚才如歌进老槐树咖啡厅之前,是和薛娟的这个号码通话。

网上显示:薛娟,女,35 岁,家住滨城市新城区南湖街 3 号风尚小筑 2 单元 18 层,名下有两部手机,一部是家里装的座机。她们的通话时间经常超过一个小时,每天两次以上。以前,平均一周打两个电话,每次不超过 10 分钟。

9 月 26 日晚 22 点 16 开始到 22 点 36 分,时长大约 20 分钟。看着这条通话记录,吴畏仔细思索着那天的情景。那天晚上吴畏并没有没回家。这么晚了她们通话这么长时间,对方是谁呢？从没听说她认识这个叫薛娟的……思来想去，吴畏一时想不出原因来。通话详单上也有其他的陌生号码，可是通话时间都很短，而且经常都只有几分钟，也并不频繁，显然应该是如歌服饰公司的客户，因此从详单上看，也没有什么特别确凿的证据证明如歌有外遇。好不容易鼓起勇气看了如歌的通话详单，却是这样一个结果，吴畏心里涌起了一股不知是惭愧、失望、还是庆幸的情绪。

离开了通讯公司公安处，吴畏没有去分局，他在路口稍微停顿了一下，还是决定直接回家，他甚至产生了想直接去问如歌的想法。眼看马上到家了，他看了一眼放在副驾驶位置的通话记录，突然一打方向盘，将汽车泊在家附近的慢行道上。然后点上了一支烟，无意识地看着车窗外。

此时大街上人并不多，这个时间人都在上班，小区附近显得很安静，只有几个退休了的妇女聚在一起聊着家长里短。10月份，路旁的梧桐树叶已经开始变黄打蔫。随着秋风在一阵阵地摇摆，有多久没有下雨了呢？吴畏胡思乱想着。

不知道从什么时候开始，情人，一夜情，在女人当中如家常便饭。这种风气从虚拟世界走向现实，这就是当代女人的情感大潮。几千年不敢离经叛道，传统、羞涩、矜持的女人，遇上改革开放的好时机，居然暗度陈仓，在"幸福"家庭的背后"闹起了革命"，胆子之大，气焰之嚣张，令很多家庭好男人经常出一身的冷汗。以前没有感触，只是没有发生在自己的身上，好可怕的女人。想到这里，吴畏似乎找到了妻子人生观的"理论根据"，原来天下乌鸦一般黑，只是家家卖烧酒，不露是好手。尽管如此，自己身边发生这样的事，自己还是接受不了！

突然感觉自己在一天之间变得衰老了，人到中年，短暂人生。家庭的不幸，心情是郁闷和烦乱的，丧失了自尊，蒙受了屈辱的堂堂男子汉，过去一向一身正气一身傲骨的吴畏，走在街上,经常觉得很没面子,满肚子的苦衷能与谁人说?他不寒而栗。

一个中年男人,上有老,下有小,中间有事业,现代工作和生活的快节奏和纷繁复杂的人际关系,整日的奔波,本身就有很大的压力,家庭再有这样的难言之隐,可谓是忍辱负重。但出现在工作和社会当中时,都要装作若无其事的样子,每天要到父母家里装出笑脸,听老人絮叨,为老人消愁解闷;妻子的父母也照样装作若无其事地去探望,让老人享受无忧无虑的天伦之乐。吴畏想,我的人生还要比老人家们长些。

每个人都羡慕相濡以沫白头到老的婚姻,吴畏每当在电视上看到这样的夫妻常常热泪盈眶。那才是最浪漫的故事,那才是事业以外的幸福追求。吴畏曾经以为,自己和如歌也会有执子之手,与子偕老的浪漫,可今天他看到的情景,让他一瞬间对他们之间爱情的信仰坍塌了。

当代社会学者周国平说过:"当今时代,夫妻能够白头到老,是人生的伟大成就。"还有人说过,当你看到一对白头到老的夫妻幸福地走过人生,你知道在他们中间可曾发生过什么?

刘若怡曾经劝过他很多次,说女人是需要温情抚慰的,让他多陪陪如歌,他当时听进去了,但是工作一忙,便把这份心思又抛到了一边。难道现在报应真的来了么!想到这里,吴畏回头又瞥了一眼通话记录。职业的敏感让他想从这个通话记录的单子上发现点什么。

"薛娟……薛娟的号码……"他无意识地嘀咕着,突然心底一亮。

吴畏突然想起来有一次去帮老婆交电话费,当他报出如歌电话号码的时候,老板看了一眼屏幕问他,机主是吴畏对么?

"机主是薛娟,但是并不意味着这个号码是薛娟在使用啊!那么,能使用薛娟号码的人是?"想到这里,吴畏像被雷击了一样开始颤抖起来,继而他颓然地靠在了汽车后座上。

"不会的,不会的,如歌不会的……"吴畏不断地对自己重复着。

晓雪今天放学直接去了姥姥家,如歌在回家的路上看了看时间,已经快晚上 11 点钟了,这个时间孩子已经睡了,如歌决定还是别接晓雪,怕影响父母和孩子休息,于是她直接拿着包上楼。刚要掏出钥匙开门,门开了,是吴畏。如歌还沉浸在与陆远缠绵的回忆中,突然看到出现在面前的吴畏,猛地吓了一跳,额头上沁出了一层细密的汗珠,接着一阵心虚、愧疚,仿佛吴畏已经知道了她的秘密。

"什么时候回来的?不是这几天忙案子的事吗?"如歌一边换鞋一边小心翼翼地问着。

"怎么?不希望我回来吗?"吴畏有些阴阳怪气。

"没有,我不是这个意思。我想你要回来事先应该打个电话,我好准备晚饭。"如歌小心地解释着。

"单位聚会去了?这么晚才回来!"无畏把烟点着,把打火机重重地扔到茶几上。

如歌听出他的语气有些不高兴。怕他误会,忙跟他解释:"单位组织活动,我这个负责人不可能不参加吧!所以晚了些。"

"嗯。"吴畏闷声闷气地应了一声,很显然,如歌在撒谎。但他突然不想再问下去了。

"你天天不回家,一回来就问这些啥意思?就是担心我和哪个男人约会去了!"如歌有些生气,干吗呀,这么盘问!

"你怎么想是你的事,我只知道自己不是那种人就够了,你难道不知道夫妻之间最重要的是信任吗?"如歌不想和他继续说下去,选择了沉默,转身进了卧室。

见一面很难,夫妻俩一见面就是不愉快开场,如歌的心里有些痛。

刚才还有点内疚的心理,这时荡然无存了!她不知道无畏是因为不信任她,还是这两年太忙,脾气变得太暴躁。只要他回家发现如歌不在,就要打电话不停地问。和朋友出去吃饭要问问,单位有应酬回来晚了要问问,在路上和哪个男人说话了,更要问问。如歌每次都要很详细地说明和谁吃的饭,和她说话的那个男人是谁,她除了解释还是解释,并不想因为这些事而影响夫妻间的关系。

有时候,她也会和吴畏沟通:夫妻间最重要的是信任,信任是一种尊重,信任是一条纽带。如果彼此间缺少了信任,互相猜疑,总用疑惑的眼光看着对方,那么工作和生活又如何能做好呢?没有了信任,就像是被人剥光了衣服,赤裸着,没了自信,没了自尊。不管做什么,让别人去猜疑,会觉得很失败,很气馁,很难过……本来是件很简单的是,非要往复杂了想,那岂不是很累。每次听了,他也赞同,可一有事了,就又开始没完没了的盘问。末了,还说是因为关心她,爱护她,怕她上当受骗,才会这样,一切根源都是因为爱她!

这种爱对如歌来说是种煎熬,太沉重。从最初的据理力争,到心平气和地解释,一直到现在的沉默,如歌也渐渐地成熟,她知道,和吴畏的沟通是没有任何作用的,吴畏根本不会改变。但她知道,其实沉默很可怕,在夫妻间是最要不得的,两个人之间的感情在沉默中逐渐的淡漠,可除了沉默和忍让她还能怎么做呢,难道还要天天的争吵吗?也许,自己连和吴畏吵架的心情都没有了,她不想解释,不想争辩,随吴畏怎么想吧。

也就是这种爱的方式,渐渐把如歌逼上了出轨的这条道路。

躺在床上,如歌把眼睛闭上,长长的睫毛微颤,看似平静。

吴畏看她睡下没了声息,原地站了一会,还是爬上了床。

"我回来,看你不在,有些着急,怕你出事。"吴畏小声地自言自语,又好像对如歌解释。

"你也累了,睡觉吧!"如歌翻了个身,轻声地说,也是在告诉他,她没有介意。

"想我没?"吴畏把手放在她的后背,轻轻地摩挲。

如歌在心里很肯定地答复:没想! 他不在,反倒有种难得的轻松和自由,自己带着孩子生活得很自在。每次接到吴畏的电话,说工作忙不回来了,她心里竟是雀跃的,好像一下子放松了,可以随心所欲地干自己喜欢的事情。每次面对吴畏总会莫名地紧张,心总是七上八下。这种紧张不是因为怕他,而是见到他,神经总会不自觉地绷紧。不知道他什么时候又会因为一些没有影的事怀疑她,盘问她。她厌倦了这种怀疑和盘问,这让她觉得很疲惫。

"睡觉吧!"如歌把身体往床边挪了挪,躲开了吴畏的抚摸。他的爱抚丝毫没给她带来快感,反倒令她的身体瞬间变得僵硬,随着他的手指的移动,如歌光滑的后背也随之紧张起来,汗毛也跟着立起来。她不知道自己怎么会有这种反应,其实心里也清楚,自己不应该有这种变化,但她真的对他的亲近很厌烦。如歌发现,自己现在不仅精神上排斥吴畏,连身体也开始拒绝吴畏了。

如歌闭着眼睛都能感觉到自己眼里的冷漠。吴畏看她没什么反应,知趣地把手放下来,转过身去,闷声嘟囔着"那我睡觉了",有些不高兴。

不大一会,鼾声大起,如歌更加睡不着了……

看着窗外的月光如水,可自己的心情又如何能如水般平和呢?

夜深了……

男人的喘息声,女人的呻吟声,从模糊到清晰,透过寂静的夜,飘荡在如歌的心头,甚至可以听得见彼此肉体间撞击的声音。想象着他们做爱时的激情,如歌的小脸也变得通红,微闭的眼睛里透着迷乱。呻吟声越来越急促,声响也越来越大,随着最后一声压抑的喊叫,周围又变得寂静。应该是到高潮了吧,如歌的脸更红了……

幽暗朦胧的灯光,令人迷醉的香气,低垂的粉纱窗帘,宽大的贵妃床上,她纤长的手指,轻柔地抚摸着他裸露的胸膛。一寸一寸的肌肤,随着她手指的移动,变得滚烫。可他的表情为什么还是如此的平静、无动于衷呢?一切任由她摆弄。她感觉自己像个女色狼,贼贼地窃笑着,正在尽力引诱着一个无辜的男人。他全身赤裸着,只是在腰际间搭了件薄单。细嫩的双手抚摸到他的腰间不动,放到后腰,温热的气息顺着他的血液流到身体中的每一处角落。"舒服吗?"性感的低喃,她蛊惑着他,清凉的气息呵在他的唇边,顺势吻了下去,他明显地颤动了一下。她的双乳浑圆饱满,在透明的薄纱下,一览无余。即使隔着衣物,他依然能感觉到它们的柔软,她的舌尖抵在了他的耳后,轻轻用牙齿咬住他的耳垂,浅笑着轻吻,"Kiss me!"声小得只有在他的心里能听见。她拉起他的手轻放在自己的胸前,慢慢地揉搓着。他不由自主地喘息着,在她的引导下,他的手探进薄纱,两只手指轻捏着乳头,两颗粉红的樱桃在他的手中瞬时变得坚挺起来,摩擦着他的手心,一股电流从他的手心穿过,直达胯下。

"要我吗?"声音性感、妩媚,她依然在引诱他。

他翻身把她按倒在床上,有些粗暴,"勾引我吗?你会后悔!"深沉低哑的警告。眼神里满是无止境的欲望。

她紧紧地搂住他的腰,"我喜欢后悔!"清雾般的眼眸专注地看着他。

他一把扯开她身上的薄纱,深深地吻住她的嘴唇,双手在她身上探索着。天旋地转,她好像是在迷雾中找寻,又好像是在大海中漂荡的一页小舟,无边无际、没有意识,剩下的只有满脑子的欲望和快感……

她想努力地看清他的容貌,想把他永远地记在心里,在最后的巅峰到来的时刻,她看到了,给她带来无穷无尽快感的男人,是陆远,那个时刻让她牵挂的男人。

梦醒,窗外的月光依旧皎洁,如歌有些轻喘,梦中的激情还没有消退,忽然间感觉下面有些潮湿,黏黏的,睁开眼看见老公吴畏从自己身上翻身下来轻声下床,进了卫生间,自己迷惑了,是在做梦吗?为什么会这么真实!

刚才不是和陆远的赤身相见激情做爱,是吴畏,但是能在梦中与他在一起,是那么的幸福。

张爱玲说:到女人心里的路通过阴道。如歌悄悄地翻了个身,脑子里在胡思乱想,看来又要睁大眼睛度过这漫漫长夜了,自从遇到陆远,为什么会变得这么爱失眠呢?

她不想这样,只有两情相悦,彼此的眼中有对方的身影,不管相隔多远,都能够感觉到对方的存在,这些才是如歌想要的。

如歌的脑子里乱得很,看来为情所困的女人,注定是要失眠的。遇到陆远,让她痛苦极了,也甜蜜极了。

算是为自己的失眠找到了最好的理由!

完事后,吴畏假装满足地闭上眼睛,但是他的心里翻起了滔天巨浪。一上床,那具熟悉的身体就让自己充满了陌生感,她刻意掩饰的抗拒,却通过她的身体,羞辱了吴畏的自尊。现在吴畏已经可以确信:老婆出轨了。只是自己不知道是什么时候开始戴上了这顶绿油油的帽子。

第二天早上10点,吴畏没有开车,一个人径直走出单位,走过两道街拐进了路边单位附近的一个公用电话亭,他真的希望真相和自己推测的不一样,他冷静了一下,定定神拨通了那个和如歌通过电话,显示机主是薛娟的号码。电话彩铃响了几声后通了。

"您好,刘女士吧!我是快递公司的。您的快递到了,我已经到你们白桦林小区门口,您出来取一下!"他故意压低嗓子假称快递送货人员。

"你搞错了。我不姓刘,也没在白桦林小区住。"电话那端是个男人,语气不慌不忙声音充满了磁性,但语气明显很诧异。

"让我看看单子……抱歉是我把号码拨错了!对不起对不起,打扰了。"

对方挂了电话很久了,吴畏才恢复自己特有的表情,自己的内心其实已经有预感和准确的判断,但是自己不敢面对也不想往最坏的地方想,但现在,他最后的幻想破灭了,自己亲自证实了之前的揣测,吴畏既痛苦又愤怒。这个人是谁?他的手机号码为什么要用薛娟的身份证注册?他又是薛娟的什么人?

难道是薛娟的老公!只有这样那一切疑点都真相大白了。回到局里吴畏在户籍室上网查到了薛娟的身份证号码,进而找到了薛娟的老公陆远的个人信息。

公安网显示薛娟的老公名叫陆远,37岁,现任联合医院副院长……看着信息,吴畏陷入了沉思。这种事是要证据的,还需要进一步再调查,当然他很希望结果和他的推断正好相反。吴畏不承认自己是婚姻的失败者,虽然当今人们的人生观、价值观发生了很大的变化或扭曲,但是他对纯洁、健康婚姻的向往和追求矢志不移!

吴畏扬起了眉毛,点燃了一支烟,顿时屋内烟雾缭绕……

14 兰桂坊

　　10月中旬,天气已经渐渐转凉,早晚的风中开始带着些许凛冽的味道了。但是中午的时候,太阳却依旧热辣辣地烤人。这天,下午四点的太阳无遮无拦地照射在区财政局大楼的玻璃上,泛起一阵阵的光晕。此时正是临近下班的时间,在财政局综合办公室里,几个同事交头接耳地说着什么。薛娟下午没啥事可以早走,她拿出化妆袋补了一下唇线,一上午的会几乎没有歇息的时间,连喝水的时间都没有,说话多了,便有些担心嘴上的妆。

　　画完唇线,她取出指甲刀开始修剪指甲,薛娟弹得一手好钢琴,而弹钢琴保养手指是必修课,在学校时她曾多次在钢琴比赛中获奖,她知道保养手指的重要性,有时没事她可以修手指甲修很久,修剪完再涂上护手霜。

　　补完妆她拿起外套背起包正准备走出办公室,迎面李老师走了进来。李桂兰是局里的老人手,还带过她几天。

　　"薛娟你打扮这么淑女去哪啊！最近你忙什么呢,我还说找你帮个忙,我表弟今年大学毕业想进医院,从你这走走关系成不？"李桂兰开门见山地说。

　　"我不行吧！咱是老百姓,哪有那个能力啊。"被她这么突然来了一句,薛娟有些尴尬地说。

"和老姐还装,现在全单位对你另眼相看,局里谁不知道你老公陆远年纪轻轻就当了副院长,你还给大姐装。"一见面李香兰就连珠炮似的一阵发难。

她迟疑了一下:"李姐,我只能试试,不过可没把握。"

薛娟最大的缺点就是不会拒绝人。

李香兰才走电话铃声就响了,来电显示是梅子,是薛娟的发小,死党。

梅子是那种很招人喜欢小女人,因为没有生过孩子的缘故,三十好几了的她好像还是个小女生。大大的眼睛,晶莹透彻。长长的睫毛总是一闪一闪,笑的时候,嘴角两边露出米粒大小的酒窝。俏丽的短发使她整个人都显得很清爽。

"怎么这么长时间都不接电话呢?"

电话刚一接通,还没等薛娟说话,清脆的质问声在她的耳边就响起了。梅子就这样,说话大嗓门,永远都是大大咧咧的,对好朋友可以两肋插刀,为人热心肠,从小到大,没少帮如歌的忙,一直充当她的贴身保镖。上学的时候,由她出面摆平不少死皮赖脸追求薛娟的小男生。

"可能信号不好吧。"

薛娟小心地解释着,梅子是个小八卦,要是让她感觉到什么卦点了,那就几天几夜也别想安宁了,非追问到你把所有的都交代明白才肯放手。

"恩,有事,晚上老地方见!"

"好,那你晚上多等我一会儿,我把孩子安排好了就去,还得告诉陆远一声,免得他着急。"

"知道了,那晚上见!"

"晚上见。"

薛娟放下电话,看看时间,已经到五点了,她赶紧锁好办公室门,快步走了出去。

这个时间,天还没有完全变黑,但是周围的一切仿佛蒙上了一层薄纱,看起来很不舒服。薛娟刚从地铁出来,眼睛还有些不太适应这种模糊的光线,她眨了眨眼睛,向兰桂坊咖啡厅走去。

咖啡厅的生意很好,里面几乎没有空位。刚进门,她便一眼看到早到了的梅子在角落里优雅地给薛娟挥着手。

"来晚了,不好意思啊!"薛娟满脸歉意。

"我都习惯了,大小姐。"梅子撅起小嘴。

"我要先把孩子安排好,才能来见你,哪像你天天一个人,闲着没事,自由自在的!"

"知道你忙,又没怪你!"梅子笑着说。

"坐下吧,帮你点了 Latte,知道你爱喝!"

"还是你最好。"

薛娟边笑着说,边抿了一小口,她就喜欢这样喝,从来不大口喝咖啡,就跟喝茶一样,喜欢慢慢地品味。保留淡淡的咖啡香气与甘味,散发浓郁迷人的鲜奶香,入口滑润而顺畅,确实是她的最爱。

"说吧,找我什么事?"

"没事就不能找你了? 就不能找你谈谈话,交交心啊!"梅子气鼓鼓的。

"能,梅子小姐吩咐一声,我随时到。"薛娟嘻嘻地笑着。

"这两天郁闷着呢,想找你说说话。"

梅子的情绪忽然间低落了很多。

"怎么了? 你还和那个刘钟明谈着呢,他可是有家室的人?"

"呵呵,我们不舍得分手,怎么办? 钟明稳重、得体! 身边是有很多人追求我,看不上啊。"

"我在网上看到一个朋友的博客,里面说得很好,'婚姻如鞋':1、郎才女貌的婚姻是品牌鞋,看上去高贵漂亮感觉上舒服大方,但价格昂贵需要精心保养。2、患难与共的婚姻是旅游鞋,看上去休闲穿上去灵巧,历经风雨泥泞也不脱帮掉底,越是坎坷越是耐用合脚。3、红杏出墙的婚姻是拖鞋,它好穿方便有很大的适应性,但出不了大门上不了正路走不了多远。我就看你俩能走多远!上次那个叫刘强的法官就不错,关键是对你百依百顺的,你34岁了,还挑呢!赶紧结婚要个孩子吧,总一个人孤零零的。有个人陪你,生活也有意义。"薛娟语重心长地说。

"要是你们陆远的话我就不考虑了,结婚生子!看你俩恩爱得让大家羡慕!"

"又开始胡说,看我撕烂你的嘴。"薛娟脸色很平静地说。

"这么多年都过来了,我承认是自己缺乏安全感,但你也看看现在有几个男人是好东西!都是吃着碗里的看着锅里的,我宁愿单身也不愿意凑合,男人除了和你上床,就是伤害、分手。"

"算了,我也不劝你了,这么多年大家给你介绍的也不少了。"薛娟轻声说。

"呵呵,自己这样也挺好,自由自在,你最近怎么样听说你在局里提拔副主任了,恭喜啊!"一笑之下,梅子的白皙的脸上又露出浅浅的酒窝。

"我还不就是老样子上班?"

说到这薛娟低垂着头神情有些凝重。

"娟儿,咱俩是发小,没啥秘密吧,你有啥心事说出来!"梅子疑惑地问。

薛娟微微迟疑了一下才开了口:"你可不准往外说,我们局长李有为和我酒后给我讲了很多,聊到了个人生活方面的一些事……"

"你不会看上他了吧,五十好几的大叔级人物?"

"不是,你想到哪儿去了,是他那天酒后对我又抱又亲!"

"老流氓,想怎么样,你没收拾他?"

"当时他认错了,身世又挺可怜的,我就原谅他了。"

"这就是得寸进尺,他欺你好面子,不敢张扬,才敢这样的,你当时怎么不告诉我啊!"梅子生气地说。

"这不是都过去了么。"

"那也得收拾他!"

"不用了,让他以后保持距离就好了,我不想声张!"

"哎!那就没办法了,老是让坏人逍遥法外,很简单,办法都是有!我教你一招就能一招制敌。"

"嗯?是什么?"薛娟有些好奇。

"他骚扰你时,你就说:李局长,我上次偷偷把咱俩的对话录了音!保证这句话说完,他就和你主动保持距离。"说完话,梅子眼睛眯着得意地坏笑起来。

"呵呵,我用的就是这招,确实管用。"

"没问题!这就是耗子药,灭害灵!然后打死他也不敢动你了!"

梅子很肯定地对薛娟说。

薛娟不由得笑了,梅子这个小灵精,和她在一起总是会很快乐,忘却很多烦心的事。

"哎,你说,你家陆远这么多年表现得也太完美了点,难道他从来都没有犯错的时候啊?看他长得还蛮端正的,我估计倒贴的女人也不少吧!"

梅子心满意足地嘬着咖啡,随意玩笑道。

"呵呵,这我就不知道了。"

薛娟也低头看着自己的咖啡,梅子一点也看不到薛娟的表情。

"你这话说的,怎么听起来对你家陆远一点信任都没啊?"

看薛娟那低着头有点无精打采的样子,梅子不高兴了。

"梅子,你听过无所谓忠诚这句话么?"

薛娟突然抬起头看着梅子,路边不断闪过的车灯让薛娟的脸色变得忽明忽暗。

"我在书中看过这样一段话:'男人无所谓忠诚,忠诚是因为所受的诱惑不够。女人无所谓正派,正派是因为背叛的筹码太低。'当然我们绝对相信这个世界上有至死不渝的忠贞爱情的存在。但这句话让我们不得不思考,在这个到处都充满诱惑的城市里该如何把持自己,把握已经拥有的幸福。

中国女人有一种心理惯势,结婚后,一切尘埃落定,曾经的优雅美丽,到了这一刻,可以喊停了! 在婚礼结束后,女人开始'卸妆',从此,之前那个漂亮 MM 变了庸俗妇人! 于是总有些男人,出轨出得理直气壮,'你看看你,哪一点像能迷得住老公的样子! 我是男人,我需要一个能让我迷恋的女人!'"薛娟一口气说了很多。

"……"梅子被惊到了,半晌没说出话来。她好不容易刚长开嘴,却突然听到一个人在叫她的名字。

"哎呀,刘大法医!"梅子一回头,惊喜地喊道。

"你再叫我刘法医我就生气了!"喊梅子的正是在滨河分局上班的刘若怡,她也是刚刚才到咖啡厅,等待位置的时候无意中看到了角落中的梅子。

"哈哈,你大人不记小人过嘛,怎么,今天有空来喝咖啡啊? 一起坐呗!"梅子注意到刘若怡身边还有一个她不认识的女人,她用眼神询问了一下薛娟,得到肯定的答复后,她热情地说道。

这个时间咖啡厅人很多,暂时也没有空位,刘若怡小声地对旁边的女人说:"如歌,要不我们先坐一起吧,等会有位置了,我们再挪地方。"

"好,你安排。"刘若怡旁边的那个女人正是如歌。

谁说艺术源于生活又高于生活?往往生活的戏剧性,恰恰不是艺术所能表达出来的!

15 黑咖啡

夜幕降临,滨河市展现出了和白天完全不同的一面。整个城市似乎直接从一位端庄稳重的少妇,变成了一个美艳轻佻的舞女。她舞动着霓虹所做的纱衣,挑逗着不甘寂寞的人们。在那些阴暗的街角,时不时传来阵阵嬉闹的声音。浮华与喧嚣,这才是城市夜生活永远的主题。

咖啡厅内,一曲略有些伤感的爵士乐若有若无地飘荡在空气中,落地窗外一辆辆不断闪过的汽车伴随着炫目的灯光,给坐在窗边的人们留下了一道道的剪影。刘若怡和如歌落座后,一时没有人说话。沉默了几秒,梅子像是忽然想起了什么,她看了一眼吧台旁纯白色三脚架 YAMHA 钢琴,又低头看了手表,然后疑惑地说:

"咦?今晚 7 点开始应该有演奏的,这都 6 点 40 了,人还没有来。"

"我说梅子,你真够可以的啊,兰桂坊的琴手你都惦记上了。"坐在对面的刘若怡忍不住打趣道。

"什么呀!这个人很出名的,钢琴真的弹得很不错。"梅子瞪了若怡一眼,又转头继续寻找起琴手的身影。

"我说,你先给我们介绍一下呀!"刘若怡无奈地看着梅子。

"哦！不好意思,嘿嘿。"梅子终于回过头,不好意思地咧嘴笑了笑,那个表情把大家都逗乐了,气氛一下轻松了起来。

"我来介绍。我旁边这位叫薛娟,是我的好姐们儿,也是发小,一起长大的,她在财政局上班。"

"你们好。"薛娟用平淡但不失礼貌的口吻说道。

"娟儿,这位是刘若怡刘法医,在咱们滨河市很出名的,你应该听说过,当年……"

"呵呵,别听梅子瞎说,我就是普通的法医而已。"刘若怡很不好意思地打断了梅子的话。

"哦,是刘法医,我知道的,在报纸上看过您的照片,怪不得总觉得有些眼熟。"薛娟微笑着说,"您旁边这位是?"

"哦,这位是我朋友,夏如歌,她经营着一家服装公司。"刘若怡轻拍了一下如歌的肩膀,将若有所思的如歌给唤了回来。

这个叫薛娟的女人,也在财政局上班,不知道和陆远的妻子是不是认识的? 不过应该没那么巧吧! 如歌一听到薛娟是在财政局上班,心里有些打鼓。刘若怡这么一拍,她猛然抬起头来,正好看到薛娟正在盯着她。

"你们好。"如歌不由得避开了薛娟的目光,不自然地说道。

"好啦,我们已经介绍完了,你们喝点什么?"梅子可没注意到这些,她转头招呼服务员过来点单。

"我喝柠檬水就行了,如歌?"刘若怡笑着说,然后用询问的眼光看着如歌。

"我要黑咖啡。"如歌说。

"夏小姐口味很独特啊。"薛娟脸上一直噙着微笑。

"呵呵,我不太喜欢奶精的味道,而且黑咖啡虽然苦,但是后味很不错,您也可以试试。"如歌也正视着薛娟。

"不知道您爱人是?"

"呵呵,普通的公务员而已。"薛娟不再看着如歌,她看了一眼梅子,梅子正在向服务员讯问琴手的事,没有注意她们的聊天内容。

"您和爱人的感情一定很好,他是在哪里工作的啊?"薛娟模棱两可的回答让如歌不太满意,她锲而不舍地追问着,就在这时,梅子终于问完了,她沮丧地端起咖啡,喝了一大口。梅子的举动似乎转移了薛娟的注意力,她好像没有听到如歌的问题,温柔地看着梅子问:

"怎么了啊?是不是今天没有节目了?"

"唉,人家说那个琴手今天来不了了,枉我这么期待,连饭也没吃就来这边等着了。"

"好哇!原来约我是为了这个!"薛娟不由得笑了,她顿了顿,接着说道:

"要不要姐姐我去给你演奏一曲?"

"好啊!"一听到薛娟这么说,梅子一下子开心起来。

"你的钢琴弹得也是很好啊,怎么把你这么个大钢琴家给忘记了呢!若怡,娟儿的钢琴是很好的,还拿过奖呢!"

"是吗,那我们一定要欣赏一下哦。"刘若怡和如歌对视了一眼,笑着说。

梅子是兰桂坊的熟客,只说了三两句就谈妥了。

"哈哈,刚好今天没有人表演,他们很欢迎薛娟来演奏。"梅子得意地笑着。

薛娟今天穿了一件米白色的风衣,黑色丝袜和高跟鞋,略带栗色的长发柔顺地披在肩上,平静而又秀气的脸庞,坐在白色的钢琴旁,宛若天使。

钢琴声响起,咖啡厅内的客人都停止了说话,注视着钢琴前弹奏的那个女人。曲调舒缓、又略带些忧伤,仿佛喃喃的低语。弹得兴起,薛娟闭上了眼睛。这一刻,坐在琴旁的她好像又变回了当年在学校的那个纯真的小女孩,憧憬着美好的爱情和幸福。

曲毕,薛娟站起来,微笑地环视四周,略鞠一躬。咖啡厅的客人们不约而同地鼓起了掌。有人提出让她再弹一曲,薛娟面带微笑,轻轻摇了摇头表示拒绝,回到了座位上。

如歌看着坐下的薛娟,心里涌起了一阵别样的滋味。原本她是打算薛娟去弹琴的时候,问一下梅子薛娟老公的情况,但是当薛娟弹奏的时候,她也被薛娟的琴声所吸引,一时竟不忍打破那份纯粹的宁静。

"你弹得真好!这是什么曲子啊?"刘若怡赞赏地说。

"呵呵,这曲子是一部电影的插曲,是个有些悲伤的爱情故事。女主角就是一个咖啡厅的琴手,在她刚和恋人互表心迹后的第二天,恋人就出去执行任务,然后再也没有回来。她就每天弹奏这首曲子,等待自己的恋人归来。"

"确实很悲伤。你弹得真好,把这种感觉完全演绎出来了,你看大家刚才都听得很入神,这次让你过了一把明星瘾呀!"梅子哈哈笑着。

"我很能明白电影中这个琴手的感受。"薛娟笑了笑,然后看了看表。

"梅子,那我就先回去了,已经快8点半了,家里还有事。"

"行,那我也走了,若怡,你们先坐,今天我请你们啦。"梅子听罢也站起身来,喊着服务员结账。刘若怡推辞不过,只得任由梅子买了单。

"夏小姐,刘小姐,再会。"薛娟微微地对如歌和若怡点了点头,起身和梅子一起离开了。不知道是不是错觉,如歌总觉得薛娟好像有意无意地看了她一眼,那个眼神出人意料地冰冷。

随着她们两人的离开,沙发顿时变得宽敞了起来,刘若怡起身坐在了如歌对面,她略微整理了一下衣角,发现如歌好像在发呆。于是不满地冲如歌挥了挥手:

"你在想什么呐?好不容易出来休息,不用操心孩子和老公,你还光发呆,我看你刚才怎么好像还有些紧张呢。"

"不是……"如歌回过神来,尴尬地笑了笑。

"那个薛娟,你以前没见过?"

"没有,是第一次见,她钢琴弹得真好啊。"

"可是,我总觉得她有些冷漠。"如歌盯着自己的黑咖啡说,她还一口都没有动过,咖啡都已经凉了。

"人家是第一次见你啊,又那么淑女,有距离感是应该的。话说,我喊你出来不是说这些的,咱们是不是应该回归正题了?"刘若怡突然一本正经起来。

"你要说什么啊?今天突然冷不丁地打电话把我约出来,是不是吴畏做了什么坏事自己不敢承认,让你来替他挡刀?"看刘若怡那个样子,如歌忍不住捂着嘴笑了起来。

"什么啊!吴队那个工作狂,他最大的错事就是对你不够关心。"刘若怡小心地看了如歌一眼。

"呵呵,他工作忙,我能理解,这么多年都这样过来了。"如歌拿起搅拌勺,轻轻地搅着冰凉的咖啡。

"我已经和吴队说,让他以后多陪陪你,你就别逞强了,我虽然没结婚,但是我也懂得这个道理。"

"我真的没事。"如歌放下勺子,看着刘若怡,然后她突然笑了。

"相信我。"

刘若怡无奈地看着如歌,心想这对夫妻真是一个模子刻出来的。

"老公?饭吃了吗?"薛娟刚出兰桂坊的大门,就给陆远打了个电话。

"还没,今天有工作要谈,约了人。你今天不是和梅子要聚么?"陆远正在开车。

"嗯,已经出来了,还碰到了梅子的熟人。"

"哦？男的女的啊？"

"……女的，一个是法医，还蛮出名的，叫刘若怡，另外一个是做生意的。"薛娟停顿了一下，回身望了望咖啡厅的落地窗，透过玻璃，隐约可以看到刘若怡和夏如歌的身影。

"刘若怡？电视上不是报道过她么，也算是个名人啊，你没要个签名之类的，呵呵！"陆远开玩笑道。

"呵呵，你大概什么时候回来？"薛娟没理他。

"事情谈完就回来了，八九点吧。"

"嗯，路上小心。"

陆远挂了电话，心里感觉有些奇怪。今天薛娟已经说过要和梅子出去了，平时自己回去晚她一般都不问的，不过陆远没时间想了，因为他马上就到约定的圣亚海鲜酒楼了。

陆远今天约了李显，就是那个准备竞标医院设备的李总。晚上7点左右正是用餐的高峰期，酒楼前已经停满了车，在保安的指挥下，陆远把车停在了酒楼的后面。停车的时候，他看到了李总的奔驰车，陆远不禁笑了笑，心想他还真是着急，这么早就到了。

圣亚海鲜是一家高档的酒店，所有的海鲜都是当天从附近海域空运过来的，所以做的菜味道新鲜正宗，当然价位也很高。酒店的整体装修也是一流的，高档时尚，服务员不但长相端正，而且个个训练有素，看来老板招聘的时候也颇费了一番心思。

陆远一迈进酒店的大堂，一名穿着黑色西装的漂亮女孩便迎着他走来，微笑着跟他打招呼："陆院长来了！李总在三楼的富贵荣华厅等您呢。"

陆远知道她是大堂经理露露，自己只来过一次就能准确地认出自己，看来这经理也不好当啊，不但交际能力要强，还要有好的记忆力。

"露露的记忆真好，我只来过一次，就记得我了！"陆远由衷地夸奖她。

"陆院长的记忆也很好,还记得我的名字呢!"露露开心地笑着。

"当然记得,露露长得这么漂亮,人又可爱,谁见了一面都会记得的。"

"哪有您说得这么好!"露露红着脸,羞怯地说着。

"李总什么时候来的?"陆远看她有些不好意思了,笑着换个话题。

露露陪着陆远一同上了电梯,一边关上电梯门,一边回答着:"来了很长时间了,一直在等你。"

"呵呵,来那么早干吗,约的不是7点么。"陆远笑着说。露露只笑了笑没有说话,陆远的问题她没法回答。

从电梯出来,陆远跟着露露沿着走道往里走,一直走道最尽头才是富贵荣华厅,露露敲了敲门后让陆远先进去。李总正在打电话,见陆远进来,忙打个手势示意陆远坐下。陆远笑了笑,很随意地找了个位置坐下。拿起手机看看时间,正好7点10分。

富贵荣华是酒楼中最豪华的包间,光是看屋顶悬挂的水晶吊灯就知道价值不菲。包间也很大气,有专门的传菜间和待客间,用的茶壶都是上好的汝窑瓷。如此大的包间里面只坐了陆远和李显两个人,显得空荡荡的。

陆远知道,这间房间轻易不开,听说是老板自己宴请客人用的,看来李总跟这家老板的关系还不一般。

看陆远到了,李显快速地结束电话,然后歉意地对陆远说:"不好意思啊,一天没别的事,就是电话多。"

"没关系,你忙你的。"

"现在没事了,陆院长来了,当然是你最重要啦。"李显笑着说,然后回头对露露交代让上菜。

"好的，李总。"露露退出房间。

"我已经把菜点好了，也不知道你喜欢不喜欢。"

"呵呵，我都随意。"陆远笑着说。

"先喝点茶吧。"李总把陆远的茶杯倒满，接着说："最近工作肯定忙吧，上次材料送过去以后就想给你打电话来着，怕你不方便，就没打。"

"呵呵，我正想找李总聊聊呢。"陆远笑着说。

"哎呀，陆院长，你可别折煞我了，什么李总啊，我就是个做生意的，你千万别这么叫我。"

"你看你，和我还这么客气，都是自己人。"陆远端起茶杯喝了一口。

"嗯，好茶。"

"这是上好的西湖龙井，你喜欢就好，那我们等会儿边吃边谈。"看陆远的态度很和善，李显心里的石头先放了一半。

不大一会，陆陆续续地菜都上齐了，陆远仔细看着，香辣蟹、葱姜红烧小龙虾、清蒸鲑鱼、日式照烧虾、菠菜鱼肉卷、法香三文鱼、笋干海鲜汤、金银虾粉丝煲。主食是虾饺和海鲜饼。

"就我们两个人，点这么多菜有些浪费啊。"陆远看着李总说。

"第一次请陆院长吃饭，当然要丰盛些了。这可是我千方百计打听出来的，都是你喜欢吃的菜。"李显笑脸上的皱纹都堆到了一起，他拿起筷子急忙招呼着陆远。

"好吧，那我就尝尝这里的手艺。"陆远也不客气。

陆远先夹起一只虾吃了一小口。然后他微微地点了点头。上次来的时候就感觉菜色不错，难怪人家每天都客满，菜做得好，服务也好。

"尝尝香辣蟹，招牌菜，做得不错。"李总给他夹起一只，放到陆远面前的碟子里。

陆远左右环顾了下,刚要开口要一次性手套,旁边站立的服务员马上把手套递过来,陆远笑着说:"谢谢!"然后回头对李总说:"不好意思,医生当惯了,有点小洁癖,不喜欢手弄脏。"

"哈哈,没事没事,你怎么舒服怎么来,应该的应该的。"李显急忙说。

陆远戴上一次性手套,尝了尝香辣蟹,真是汁浓肉鲜!

"对了,你的消息还是挺灵通的,知道医院公开招标马上就开始了。"

"呵呵,这话说的,还不是惠生院长和陆院长照顾嘛!"

陆远笑了笑,没有再说话。

李显不知道他是怎么想的,也就没敢再说话,两个人就这么静静地吃着。过了一会,李显明显有些坐卧不安了。

这时候,露露敲敲门进来了,手里还端着一盘切好的水果,她轻轻地把水果放到传菜台上,笑着问:"陆院长,我们这里的菜还可以吧?我们老板请客特别交代,这桌菜一定要特别用心做。"

"你老板?谁是你老板?"陆远迷惑地问。

"李总啊,你不知道吗?"露露有些惊讶。

陆远确实也有些惊讶,他回过头问李总:"这家酒楼是你开的?怎么没听你说过呢?"

难怪李总知道自己都爱吃什么。陆远以前来过这,只要查查以前的单子就都知道了。

"这有什么说的,我自己爱吃海鲜,图省事就自己开了这间。"李总轻描淡写地说着。

"李总生意做得是真大啊,居然都开起酒楼了,真是财大气粗,喜欢吃就自己开间,和普通老百姓确实不一样。"陆远赞叹道。

"哎呀,千万别开我的玩笑,随便开着玩的,呵呵。"李显有些小得意。

"嗯,吃饱了,味道确实不错!"陆远放下了筷子。

"陆院长吃得太少了,是不是菜不对胃口啊??"

"呵呵,我要减肥啊,都说你菜点得多了。"陆远伸了个懒腰。

"好了李总,这饭我们也吃得差不多了,该谈正事了吧。"陆远正色看着李显。

"好好好,您说您说,露露,没事让服务员都出去吧。"李显一激动,直接就叫成了您。露露很识相地让服务员们赶紧出去了,出去时还带上了包间的门。

"李总,你拿来的资料我都看了,你们公司的实力还是不错的,但是这个返点……"陆远意味深长地看了李显一眼。

"这个您一定放心,我做这行也不是一天两天了,规矩我明白。"李总的头点得和啄米一样。

"我这也确实是看在惠生院长的面子上。你知道我今年才上任,其实风头还是比较紧的,这事操作起来也不是那么容易,唉,真不怎么想趟这趟浑水啊!"陆远端着茶杯,悠悠地说。

"我们公司实力是绝对够的,我也知道您为难。我李显做事您放心,绝对不会出纰漏,也不会让您白忙,圈子里我是有名的滴水之恩必当涌泉相报!"李显忙辩白着。

陆远瞟了李显一眼,心中暗自计议:

"这个李显有些太没城府,做了这么久老板,心里的想法都写脸上了。但是也不能小看,这么大的盘子不是头脑简单的人能撑起来的。不过他请自己这顿饭还算有诚意,公司交上来的资料倒也确实没什么问题。从刚才一番话来看,返点他自己应该心里有数。既然惠生院长的面子摆在那里,自己怎么说也还是得答应。暗中操作这回事是有些风险,不过自己之前小打小闹都没出问题,谨慎些应该没事。"

"看你这话说的,好像我这人多么小气似的,都是自己人么。行了,你好好准备下吧,等我电话。"陆远计议已定,淡淡地给李显扔了这么一句话,就站起身准备走了。

"好好,那您忙,我就不送了,我的事就麻烦您了,您记得替我和惠生院长问个好啊。"看陆远站起身来,李显也急忙站了起来。

"呵呵,好,别送了。"陆远笑了笑,离开了包间。

"他明明是惠生院长的关系,还让我替他问好,看来真把自己当大神拜着了。有钱又怎样?还不是得敬着自己。"走出包间,陆远偷偷笑了笑,这个社会还真是现实啊。

陆远当然知道李显的关系网四通八达,自然不仅仅是一条路。就像他自己曾经说过的,生意人的人脉要是不广,那在社会上就别想立足,一分钱也赚不到。势利、奸狡、多疑、冷漠是陆远对生意人的定义,可能有些偏激,但陆远认为,生意人的眼里就只有钱。

陆远判断的没错,他前脚刚出门,后脚李显的脸就拉了下来。

"有什么得意的,不就是个副院长,切!这顿饭怎么说都价值上万了吧,说来说去还不就是在意点数的问题,什么自己人,真当我相信呢。"

……

16 凶器名单

此时距离接到报警电话已有一段时间了,始终没有群众反映说认识死者。除了那次新发现的线索之外,案件一直没有进展。时间久了,就有老百姓对专案组的工作提出了质疑。许多办案民警听后情绪非常低落,甚至有些灰心。

这天,吴畏带着两个黑眼圈,蔫蔫地走进分局。刚进门,就被一直在等着他的老马一把给拽到了一边。老马兴奋地说,终于有新线索了!

原来,在枣庄附近乐居小区有业主报案,他房屋的租户一直没交水电费,催缴租房的时候,打对方的手机,对方一直关机。业主以为租户逃租,就用备用钥匙打开房屋查看,结果根据房间里的情况发现租房人的东西还都好好地留在房间里,业主怀疑租房人遇到不测,又联想到最近警方张贴的传单,担心和这起命案有关,随即报了警。出警的人搜查房间的时候,发现了类似死者穿的衣服,并找到了死者的身份证和钱包。

听了老马的诉说,吴畏一时把如歌的事情抛在了脑后,果断地说:"走,我们去现场看看!"

"等等吴队,你没事吧?"看着吴畏那乱蓬蓬的头发和黑眼圈,老马略带疑惑地问道。

"没事,就是头疼案子的事,咱们赶紧走,我开车。"吴畏摇了摇手,他不想给老马说如歌的事情。现在还没有确凿的证据,而且家丑不可外扬,搞得人尽皆知并不合适。

"吴队,还有个事儿……"看着马上准备出门的吴畏,老马赶紧拦住了他。

老马话音刚落,赵旭就走了进来。老马立刻住了嘴。

"你就想给我说她来了吧,赵大记者,你还真是敬业啊。"吴畏看着赵旭。

"走吧,我一起去。"她一眼就看出吴畏情绪不高,没有多说话。

不得不说,这段时间多了赵旭的陪伴,吴畏感觉好了很多。她积极乐观的生活态度和开朗的性格,让吴畏不自觉地也放下了心事。然而对赵旭他有些无法理解。作为记者,她挖掘新闻是应该的,但是他不明白她为什么对这个案子这么热心。

到了乐居小区,老马联系业主打开了房门,吴畏仔细又勘察了一遍现场,老马还有赵旭就和业主张大爷在一边聊天。

"她叫江婧,好像是外地来的吧,平时和邻里也不怎么联系,就喜欢在房里玩电脑。我这屋子原来没装宽带,她住了以后自己掏钱装了宽带,人挺不错的,真可惜了。"业主是位老人,他絮絮叨叨地讲着江婧生平的细节。自从报警后,他已经给各种来询问情况的邻里讲过这些内容,也许是生活太平淡了,尽管是不断地重复,他也讲得津津有味,完全没听出来有什么伤心的成分。他唯一担心的,就是这个房子里的人死了,以后房子怕是没人敢租了。

"嗯? 张大爷,您说她喜欢玩电脑?"吴畏突然站起身来,目光炯炯地望着业主。

"是啊! 现在的年轻人啊,就都是这个毛病,也不知道整天对着那个盒子有什么意思。像我们当年年轻的时候……"张大爷一看吴畏起了兴趣,顿时来了劲。谁知他还没说完,吴畏就直接走向书桌,拿起了上面的笔记本电脑。

"老马,笔记本带回去,让技术组查一下有什么有价值的东西。这里没什么了,我们回吧。"吴畏简短地说。

"好。张大爷,谢谢你的配合。"老马匆匆对张大爷表示了感谢,然后就跟着吴畏离开了房间,赵旭疑惑地跟在后面。

"哎呀,现在的年轻人真是没耐性,也不听人把话说完,哎,我说,她还欠我房租呢,那个笔记本我要抵租的!"张大爷满心不高兴地冲着吴畏和老马的背影喊着。

经过调查检验,从死者遗物初步认定:"9·18"专案组里,枣庄友谊路西小树林发生命案死于非命的无名女性正是这名失踪租住户,这里就是死者生前临时居住的单元房。

警方迅速利用公安信息网联系上了死者的哥哥江安,找到被害人家属,破案第一个瓶颈突破了。专案一组张副队向大家汇报死者哥哥江安的笔录:

据死者哥哥江安说,自己最近并没有留意媒体上的协查公告。死者江婧是他的妹妹,去年和老公李刚浩离婚,两人感情一直不太好,离婚后10岁的儿子判给了男方,去年辞去工作以后未上班,说是要散散心,就去了200公里外的滨城并一直租住乐居小区房屋至今,根据业主反映江婧是独居。江安说,大概有半个月妹妹没有和他联系了,但江安反映,因为妹妹自小就很独立,他也就没有过多地操心。

死者江婧,女性,1973年7月12日出生,大学学历,身高1米65,离异,之前从事的职业是英语教师,户口所在地大连市甘井子区东纬路61号。

吴畏让老马把带回来的笔记本直接送到了技术室去。经过调查,笔记本硬盘里没有什么对破案有帮助的信息。但是,在江婧的QQ里有了意外的发现。由于江婧一直设置的是记住密码,所以技术人员很轻易地就登陆了她的QQ。技术人员调看了江婧的聊天记录。记录显示,江婧曾经和一个网名叫"八千里路"的网友交往甚密,从两人的聊天内容看,"八千里路"也是滨城市人,姓陆,而且二者应该见过面,关系不一般。但是,"八千里路"到底是何人,从聊天记录里无法得知。不过,由于"八千里路"依旧在江婧的QQ好友里,技术人员可以通过追踪对方IP查到位置。

下午2点,在分局会议室里,分局主管刑侦的刘明副局长对"9·18"专案前期工作给予了充分肯定,他指出:省市各级领导对此案非常重视,专案组前期工作成效明显,思路清晰,这起杀人案手段极为残忍,专案组同志们做了了大量的求证,付出了大量的心血,查证了我们对这起命案的系统分析,经过艰苦细致的工作成功联系上了死者的哥哥江安,初步确定了死者的身份,给我们破获这起案件迎来了曙光,同时代表李菲局长向全体专案组民警提出要求:一是要求专案组民警要有战胜困难的勇气和信心,继续发扬连续作战的精神;二是专案组要进一步理清侦查工作思路,提高工作效率,有条不紊地推进专案侦查工作;三是全体专案民警一定要遵守工作纪律,对在侦案件严格保密;四是案件要深挖细查,找到杀人凶手。

刘副局讲完后,专案各组开始对案情开始了具体研究。

"首先,我们根据现场情况,试图在死者遗物上提取指纹,虽然被血水浸透,但经反复实验,还是显现了一枚指纹。指纹虽然重要,但还不够,找不到凶器,就无法明晰作案过程。根据刘法医拟定的名单,里面大致有五种常见的凶器与造成死者死亡的伤口基本类似。"专案组二组刑技室老马说。

"这里我要进行一下说明。"刘若怡站了起来。

"穿透性挤压式打击,例如使用锤子打击,将会导致武器表面立即沾上血液。在此种情况下,第一次打击也将导致抛洒血迹。根据现场拍摄的照片,可以看出血迹被抛洒得并不是很远。武器越长,作用在血液表面的力就越大,血液抛洒的距离也就越远。武器越长,离心力越大,血液被抛洒出去时飞行的距离越远。因此也就意味着作案凶器的长度并不是很长。但是,由于血滴都是以类似的模式沉积下来,因此,很难通过检验血迹模式来确定凶器具体是什么。"

凶手持什么凶器?

会议上大家传看着刘若怡的凶器名单,开始提出各种各样的设想,但是没有证据证明哪个设想是正确的。

案件又进入了谜团。

"这样下去也没有结果,究竟是什么凶器?下来大家再考虑!我认为对侦破工作不能有任何侥幸心理,要以最快的速度锁定嫌疑人,二组能否进行有效证物提取就显得尤为关键。要抓紧时间拿出成绩来。"作为刑警队长,吴畏听完大家的意见,到最后才发言。

"除此之外,在江婧租住的房间里拿到的笔记本中的资料也很重要。我们不能忽视任何一道线索,这条线索就由张副队联系市局网安支队同志在技术上给予支持。"吴畏扬了扬眉毛补充说道。

"吴队,具体是什么线索?之前没有听说。"刘若怡也参加了会议,她忍不住问道。

"在江婧的QQ里,发现了一个网名叫'八千里路'的人,这个人姓陆,和江婧联系比较紧密。查出这个人是谁还是比较简单的,不过从聊天内容看,截止到江婧出事那天,他们已经有几个月没有联系了。目前没有证据证明是他。"吴畏简单地说。

"哦,这样。"刘若怡没有再说话。

会议期间,吴畏一直紧皱着眉头,如歌的事这几天一直搅得他心神不宁,但是破案工作迫在眉睫,吴畏只能硬撑着不想。开完会后,吴畏靠在椅子按着太阳穴,他真的需要休息。这么多年来无数的大案都扛过来了,但在情感问题上他真的没法沉住气,总有一种想打人的欲望。

"吴队,你没事吧?"刚准备出门的刘若怡看到吴畏这个样子,走过来担心地问道。

"嗯,没什么,你赶紧去忙吧。"吴畏并不想说话。

"嗯……吴队,昨天我和如歌去喝咖啡了,一起聊了聊……"刘若怡欲言又止。

"你们聊什么了?"听到这句话,吴畏放下了揉着太阳穴的手,疲惫地看着她。

"我觉得如歌并不开心,她很孤单。吴队你不能每天只工作,我觉得再这么下去迟早会出事。有些女人并不在乎你给她怎样的物质生活,但感情上,一定不能冷落她。"刘若怡鼓起勇气,一口气说了出来。

"呵呵,谢谢你的关心若怡,我知道了,谢谢你陪她。"吴畏苦笑着说。这还用她说么?该发生的不是都已经发生了,也许真的太迟了!

"行了,该说的我都说了,我走了吴队。"一听吴畏叫她若怡,她的脸一下子就又红了,她匆匆说了句,逃跑似的转身走了。

"看来多年的指挥生涯并没有把自己练成铜墙铁壁。"看着刘若怡离去的背影,他自嘲着。顺手又拿起了资料随意翻着。看到QQ聊天记录的时候,他突然想到了什么。

"如歌的出轨,是不是和网聊有什么关系?"他思考着,"如歌也并不是很喜欢出去玩,她能认识别人的途径,除了工作中就是网上了,她一直喜欢上网。"

"看看如歌的聊天记录?"这个念头刚出现在他的脑子里,他就断然地否定了自己。

是出于男人的尊严,还是出于害怕发现事实真相的恐惧?他也不知道。

"眼见为实!"吴畏下定决心。只有真正看到如歌出轨的那一刻,他才会相信! 其实吴畏心里已经知道如歌已经出轨了,但是他就是不愿承认。也许翻看如歌的聊天记录,证据一下子就出来了,但他还是想亲眼看到,其实就是想拉长面对老婆背叛自己这个事实的时间。毕竟,一天没有亲眼看到,他就有理由安慰自己:如歌也许是清白的。

"吴队长!"突如其来的喊声让吴畏惊醒过来,他一回头,是赵旭。

"你怎么还在这啊,我们刚开会,你没走?"吴畏的口气不是很友好,没办法,谁让她在这个时间出现了呢!

"没有,我找你还有事。上次东畔村那个案子破了吧? 我想找你约个时间采访一下。"赵旭一点都不在乎吴畏的口气,她笑嘻嘻地说。

"采访? 案件还没有水落石出,你从我这是问不出什么的,这也是我们的纪律。"吴畏直接站了起来,准备走了。

"哎,等等么,听说案情有新进展,你就透透口风。"赵旭赶忙拦住了吴畏。

"'9·18'案件到现在还没破,大家心里都在打鼓。其实东畔村凶杀案性质非常恶劣,我听说当时还很危险。台里把这个采访任务交由我负责,你就通融一下,我的吴大队长! 对你们工作的宣传也是我们的责任。"赵旭正色道。

"……"吴畏没有说话。

"好,就这么决定了,到时候给你打电话。"赵旭不失时机地接道。

"我不一定有那个时间,而且这个我决定不了,得向领导汇报。"吴畏暗自叹了一口气,自己现在家事都一团糟了,哪有那个心情去接受采访。

"不会浪费你多少时间的,那电话联系,我等你消息。"赵旭满意地笑了笑,转身走了。

看着赵旭离去的背影,吴畏苦笑着叹了一口气,这个女人啊,还真是缠上自己了!

17 八千里路

刘若怡的家就在岚山区,离分局很近,是岚山区少有的几个比较高档的小区之一。旧城改造期间,小区四周都是建筑工地,灰尘很大,也非常嘈杂。

许是空气质量太差的缘故。和吴畏说完那番话的第二天,刘若怡就生病了,一开始她还硬撑着,结果没想到撑了两天后就开始发高烧,咳嗽不止。去医院一看,医生说是支气管炎,还有支原体感染。开了一周的吊针让她打。身为医学工作者,她也知道这毛病要根治,至少都要打一周吊针。

刘若怡是闲不住的人,在家休息了两天之后,就坚持来上班了。没办法,在这个分局里,刘法医的技术水平是相当过硬的,很多地方都少不了她。因此这几天她都是早上来上班,下午去打针。

时针指向下午2点,正在忙碌的刘若怡抬头看了看表,叹了一口气,又要去打针了!这几天,她每天牺牲午休时间多做些工作,就是为了弥补下午不在单位的时间。她心脏不太好,三瓶药水只能慢慢挂,这一打就是四五个小时。等下了班再去打针回家就太晚了。

出了分局,她上了公交。医院离单位大概有一个多小时的车程。家里人太谨慎了,一听说她生病,就一定要让她去联合医院看病,说那是滨河最好的医院。但是联合医院实在是有些远,每次去一来回都要两个多小时时间。上车没多久,刘若怡就有些困了,这几天每天中午都不休息,她真有些累了。她迷迷糊糊地靠着车窗,不知道过了多久,汽车的一个猛刹车把她一下子给惊醒了。刘若怡稍微有些迷茫地看了看四周,还好,没坐过站,大概还得20多分钟吧。突然,车窗外路边的一个婀娜的身影引起了她的注意。

"如歌?"刘若怡疑惑道。这个时间应该是上班时间啊,她在这里做什么?她目不转睛地盯着如歌,心里盘算着。

前方红灯,公交车停了下来。刘若怡侧着头看着窗外,盯着如歌的身影。"咦?我没看错吧?"刘若怡揉了揉眼睛,之前一直在视线范围里的如歌,突然一转身就不见了。

"是给客人订房么?"她看到如歌一转身进了附近的快捷酒店。想到如歌是做服饰生意的,刘若怡有些释然,自己在胡思乱想什么啊!她又转头看了看如歌消失的那个方向。公交车已经启动,那个地方她已经看不真切。

"这不是吴队的车么?"公交刚过了十字路口,目光敏锐的刘若怡突然看到在十字对面的巷口,看到了一辆桑塔纳车,车号她很熟悉,正是吴畏的车,透过车窗,隐约能看到驾驶位坐着人。

"奇怪,到底是怎么回事啊?他们两个人去酒店么?怎么又没有一起走呢,现在是上班时间啊?"刘若怡有一种不好的预感。她掏出手机,准备给吴畏打电话。但是她调出了号码,却没有拨出去。

"还是改天见面了再问吧。"她想了想,又把手机放了回去,希望自己是想错了吧!

这几天,吴畏一想起老婆如歌的事心里就像针扎一样。两天以来他一直没有回家,也没有给她打电话。

指针指向下午2点15分,吴畏茫然若失地坐在车里,刚才,他眼睁睁地看着如歌径直走进了一家叫"星期天"的快捷酒店。

吴畏从心底里不敢、也不愿意相信如歌真的出轨了。但是怀疑的种子已经种下,他没法坦然处之。挣扎了几天,他终于决定,跟踪如歌!

没想到,才跟踪了第二天,就被他看到了这样的一幕。

吴畏像被雷击中了一样,瞬间石化了。接着,他觉得血管里的血都在往脸上涌。吴畏捏紧了拳头,一双眼睛已经变得猩红。虽然他已经在脑海中无数次地构想过这个场景,但当这些赤裸裸地发生在他面前里,吴畏一下子被绝望淹没了。面对犯罪从不会退缩的铁汉子第一次感到少有的虚弱,他无法面对如歌和其他男人走出酒店那一幕。吴畏呆坐了几分钟,然后麻木地发动了汽车。他机械地开着车,觉得外面的人流和嘈杂声渐渐地离自己越来越远。一瞬间,他甚至希望汽车驶离街道,一路狂奔,坠崖而亡,让他永远没有机会面对真相。

再回到酒店门前时已是下午4点半,吴畏径直走进了酒店,找到大堂经理亮出证件,于是很快把如歌和一个中年男人进出酒店的录像调了出来,进一步辨认登记406房间人的身份证正是薛娟的老公陆远。门前调出的录像显示陆远所开车辆是一辆银灰色现代,牌照号码为滨AB4266。

吴畏告诉自己要冷静。这种时候,再好的职业素养都显得那么无力。确认二人已经退房离开酒店后,由服务员带着吴畏来到406房间。打开房门,客房内还没来得及打扫,显得一片狼藉。吴畏支开服务员,一个人站在房间内感到身心俱疲。看着那张一片混乱的床,他的脑海中不由得浮现出如歌和陆远赤着身体缠绵的镜头。这些日子,如歌对自己越来越冷淡,每次都找各种理由打消自己想与她亲热的念头，即使勉强同意与他亲热，她也总是闭着眼睛一动不动，任由摆布。那表情，不是享受，像是完成一种任务似的，每次吴畏看了如歌的表情，本来激情四射的他仿佛被泼了一盆冷水，马上就没了兴致。现在，他看着这张凌乱的床，想象着如歌在另一个男人的身下，如何千娇百媚、风情万种，如何盛开成一朵怒放的花。吴畏捏着两只拳头，脸都有些扭曲了。

强忍着砸东西的冲动，吴畏深吸吸了一口气点上了一支烟。他略微平静了一下心情，开始在一片狼藉的床上寻找证据。掀开被子的时候，吴畏发现枕边缠绕着两根头发，一根细长柔顺，一根粗短茁硬。另外还发现了一根阴毛，吴畏小心翼翼地用报纸包裹起来，把毛发收藏好放进口袋里。然后他颓然地坐在了客房的椅子上。

情夫有家庭，有孩子，也不可能和她结婚。是怎么认识的？为什么会发展到今天？除了偷情的快感外，是否真的能够找到长年维系这种关系的纽带？自己在如歌的心目中算是什么？

吴畏回想，自己与如歌结婚已经 10 年了。日子过得很平淡，基本也没怎么吵架。他知道自己喝酒后会有些毛病，但是如歌也从来没有和她埋怨过什么。也许她抱怨出来是不是会更好？只是她从来都不说，自己也不知道她心里究竟是怎么想的。平时案子忙，一忙就忽略了如歌，所以如歌和孩子在一起的时间更多一些。

难道自己真的做错了什么？吴畏痛苦地想。

吴畏在酒店的房间里待了近一个小时才离开。他将现场遗留的毛发送到刑警队检测，把滨 AB4266 车号留给内勤协查才离开。

到家时已是晚 7 点半钟，晓雪正在灯下学习，看见吴畏回来了,喊着:"爸爸你回来了!"

"好了,你去学习吧!妈妈呢?"吴畏勉强笑着说。

"她在洗澡呢!"晓雪说完就乖乖去写作业了。虽然是个小女孩,但是敏感的她也感觉到爸爸的心情似乎不好。

看着坐在书桌旁写作业的晓雪,吴畏这个硬汉子突然有了一种想流泪的感觉。他爱这个家,更爱自己的女儿晓雪,虽然自己拼命工作,但是心底里,他一直认为晓雪和如歌,还有这个家才是他的一切。

他用留恋的眼神环顾着这个家,不知怎么的,曾经温馨的家现在竟觉得有些陌生了。视线扫过卧室的时候,他注意到卧室的电脑似乎开着。

家里的电脑几乎都是如歌在用,吴畏回来后总是很累,直接就睡了。他悄悄走到电脑旁,注意到右下角的小企鹅在不停地闪动着,他突然想到了江婧。

吴畏侧耳听了一下动静,哗哗的水声表示如歌暂时还不会出来。吴畏用颤抖的手操纵鼠标点击了那个闪动的小企鹅。吴畏很尊重如歌,结婚以来他从不会碰如歌的私人物品,他认为这就是信任。

网上呼唤如歌的网友叫"八千里路"。

"这么巧。"

对方给如歌一个笑脸,不见如歌回复,又给如歌留下一个拥抱的姿势。

"八千里路?江婧的网友也叫八千里路!"联系到陆远也姓陆,吴畏突然明白了。这个陆远,他一直在约各色网友见面。

现在这个陆远的嫌疑最大,但是并没有直接证据,如果直接联系他,会不会打草惊蛇?

不过,就算江婧不是他杀的,他也根本不是什么好东西!

吴畏忍着怒气点开消息记录:

日期:2012-10-15　23:01:23

云和月:这么晚还没休息?

八千里路:没有休息,明天局里检查,我负责接待赶紧把材料赶出来。

云和月:昨天梦见你了,呵呵!

八千里路:呵呵。

云和月:我喊你,你怎么也不理我。我拉你,你也不回头。都严肃得很!

八千里路:假的。

云和月:可和真的一样。好几天没看见你了!

八千里路:一直很忙。

……

云和月:我不敢和你说话!

八千里路:?

云和月:我害怕。

八千里路:怕什么?

云和月:我怕,我会爱上你!

……

八千里路:你已经爱上了!

云和月:那怎么办,最近我一闭眼满脑子都是你!

八千里路:凉拌。

云和月:啊,要把我晾起来啊?

八千里路:过段时间你就不这么想了。

云和月:说我冲动吗?

八千里路:热得快,凉得就快,你明天不忙吧!

云和月:不会凉,明天下午以后公司没啥事。

八千里路:那就2点半以后在你单位附近的"星期天"快捷酒店见。

云和月：那好吧！明天见，我看看孩子睡了没，你也早点睡，吻你！如歌发了一个大红嘴唇。

八千里路：拜，886

从内容上，可以肯定"八千里路"就是陆远，也就是今天和如歌开房的男人。

从信息上看他们不止一次地约会，而且说的内容很肉麻。脑子迅速地闪过如歌这些天的反常表现，自己这些天的众多谜团也一一解开，约会时间都刚好吻合，一时间痛苦涌上心头……吴畏抬起头来，瞬时觉得眼前一黑，顿时天旋地转。

如歌这时候刚好洗完澡出来，看到吴畏站在卧室电脑旁。她的眼神扫了一眼电脑，脸上一点也看不出慌乱。

"老公，回来这么早，你也不早说，我好给你准备饭。"如歌边说边走过来，不着痕迹地关掉了电脑。吴畏死死地盯着如歌，她刚洗完澡，穿着睡衣里面的内衣若隐若现。

"看我干吗，不认识我呀，告诉你好个消息，咱市联合医院准备定做一大批工作服，订单我已经拿下了，恭喜我吧！"

说完她撒娇地打了吴畏一下，似乎吴畏那样看着她，她感觉不太适应。吴畏一下子想到下午在"星期天"酒店内看到的一幕，心里一阵苦楚。联合医院，那个陆远不就是联合医院的吗？这个单子，是你陪他睡觉得来的吧。陆远心里冷笑了一声。

"不用了，我吃过了，回来洗个澡。"吴畏强忍着没有发火。他心底里甚至涌现出一种诡异的快感。如歌不知道自己已经发现了她的秘密，掌握了她出轨的证据。他装作什么都不知道的样子，看如歌在自己面前怎么表演。

看你装到什么时候，谈生意也不用和医院领导开房吧，如果今天不是无意中看到网上聊天记录和跟踪到过酒店房间现场，他还会真相信,开房是因为要谈回扣问题,涉及到回扣,所以要避开人群,虽然这个借口并不能让我全信,但他宁愿相信。可现在,他找不到任何一点理由来欺骗自己了。吴畏想,有时候,不知道真相往往更幸福。

"那我洗澡了。"说完吴畏进了浴室,他疲惫地靠在浴室的墙壁上,其实好多天都没有怎么合眼了,案子加上如歌的事,他已经感到吃不消了。

第二天,刑警队对毛发的检验结果已经出来,通过微量元素的测定,酒店床上发现的头发是如歌的;另一根是男人的头发,可以认定就是陆远的;再通过色素含量和毛发横断面直径的测定,确定了情夫的年龄在40岁左右;通过热解离试验,再次确定了情夫的血型是 A 型。滨 AB4266 车主显示是滨河市联合医院。

现在所有证据可以证明如歌和陆远不但开房了还发生了性关系,想起如歌昨晚的表现,从心理学的角度看,是在掩饰背叛自己后的心虚,她怕被察觉,先入为主地主动说出了和医院领导见面的事,还提到签下订单。和自己同床共枕的女人处心积虑地骗自己,将心计都用到这份上了!

"离婚!!"吴畏的心在声嘶力竭地呐喊。但是,一想到真的要离婚,却又有万般不舍。他知道,自己内心深处并不想失去如歌和自己温暖的家,更不想让晓雪受到一点点伤害。他像溺水的人抓着最后一根稻草般地相信当如歌明白什么才是一个女人要的,她会迷途知返的。如果如歌知道错了,愿意回归到家庭,也许,自己还是可以原谅她的。

陆远其人人品恶劣,吴畏甚至在想,相信如歌只是一时受骗上当,那个陆远有家室有儿子可以这么轻易地和网友见面并发生性关系,而且经常约见不同的女性网友,说明他本人是一个道貌岸然的伪君子,人格分裂,表面内敛有内涵,实则道德败坏,企图用一夜情来填补自己的空虚。

"吴队,你前天说今天要开会,咱们定在几点?"老马的一席话将吴畏从痛苦的沉思中惊醒了过来。

"哦,好,一个小时后吧,主要是'9·18'案件的凶器认定,让刘法医也来。"吴畏缓缓地说。

"好的,我去通知她。"老马看了看吴畏的脸色,没有多说,快步离开了。

18 浮出水面

这次会议的主要议题就是认定凶器,这也是目前案件的关键之处。最近几天刑警队内争议颇多,大家各执己见,吴畏考虑还是开会讨论一下如何认定凶器的问题。

会议从早上9点开始,一直到12点半都没有开完。一直等着的内勤王娜终于忍不住了,结果刚敲门进来就被呛得使劲咳嗽,整个房子被吴畏他们抽得烟雾缭绕,王娜赶紧先开窗通风,然后看了一眼脸憋得通红的刘若怡,小心翼翼地给吴畏倒了杯茶,"吴队,案子要紧,饭也是要吃的!刘姐还在生病咳嗽,您这房间烟味大的……"

"哦,不好意思啊刘法医,我没注意这个。"听王娜这么一说,吴畏顿时反应过来。这几天她正在生病,刚开会似乎她一直都在小声咳嗽着,只是自己没注意。

"呵呵没事,已经打了几天针,快好了,案子重要。"刘若怡不好意思地笑道。

"行,那咱们吃饭吧,下午再继续。"吴畏看了看表,已经12点多了。

"今天中午后厨老李知道大家辛苦,特意买了一块新鲜的后腿准备做红烧肉给大家加个餐,我看这边会没开完,就没让他做,我现在让他准备。"王娜笑着说。

"红烧肉……快,红烧肉不做了!告诉老李,把肉给我拿过来!"吴畏突然眼前一亮,猛地站了起来,王娜猝不及防,被吓了一跳。

"啊?"

"还有,你吃完饭尽快去买个皮球,也拿到会议室,大家半小时后再在会议室开会!"吴畏接着说。

王娜知道吴畏的脾气,没敢再问,应声出去了。

等吴畏吃完饭回到会议室的时候,大家已经都到了,但是没有人明白吴畏葫芦里卖的什么药。

王娜已经把肉和皮球都拿过来了。吴畏看了一下,大家都到齐了,就开腔了。

"最近几天的争议大家都看见了,这个问题马上就有答案。"

看着会议桌上摆的带皮猪肉和两个皮球,大家顿时交头接耳起来,没人看懂案件和这些有什么关系。

"大家先坐!"看着众人不解的目光吴畏摆摆手。

"道具全了,下来该你俩上场了,刑技室老马、张副队。"说完吴畏看了看他俩。

老马突然豁然开朗,"我明白了,带皮猪肉,裹在球外面用疑似凶器用力敲击。"

"把那个五个疑似凶器挨个儿实验。"张副队接着说。

"是的,用敲击后的形状再和死者头部进行对比,通过观察所呈现出的伤口来确认凶器是什么!"吴畏斩钉截铁地说。

经过对敲击后的结果进行对比,凶器确定是扳手。

吴畏宣布了对比结果,而且还表扬了王娜。虽然大家没吃上红烧肉,但是真相的结果,往往更能激励大家的斗志。

真相慢慢浮出水面,凶手又是谁呢?

会议结束,刘若怡拖拖拉拉等到人都走得差不多了,才过来找吴畏。看到刘若怡走过来,吴畏无奈地说:"刘大法医,你最近怎么回事啊？每次开完会都要过来教育我。"刘若怡刚走到吴畏旁边,听到吴畏这一番话,顿时气不打一处来。

"我哪里有那么多闲心啊,我是有事想问你呢。晚上有时间么？一起吃个饭吧?"刘若怡没好气地说。

"什么事这么神秘,现在不能说?"吴畏有些奇怪。

"你没时间就算了,改天。"刘若怡本来就有些不高兴,一听这话,直接转身走了。

"哎！真是惹不起你。要不这样,你不是一会儿还要去打针,我这会儿没事,要不我送你去打针,然后直接在路上说吧。我晚上还有个案子,真去不了。"看着刘若怡那倔强的身影,吴畏只能说。

"这……也行。"刘若怡听吴畏这么一说,停住了脚步,"那我楼下等你。"她回头看了一眼吴畏,扭头走了。

吴畏叹了一口气。自己现在家事公事一大堆,哪来的心思听刘若怡说话呢！不过没办法,自己待她一直如妹妹一般,而且她最近生病,自己也没关心过她。

"就当放松了!"吴畏一边收拾材料,一边想着。

中午2点,正是上班的时间,大街上车辆很多,吴畏走的又是主干道,车堵得厉害,吴畏只能慢慢地挪着,时不时会狠狠地按按喇叭。

坐在副驾的刘若怡心里有些堵,她不知道怎么和吴畏开这个口,几次欲言又止。

"到底怎么了?"还是吴畏先开口了。

"吴队,是这样。"听到吴畏问她,刘若怡终于忍不住了。

"之前我一直在给你说,多陪陪如歌。一直以来,我和如歌的关系其实都不错,上次我们还一起去喝咖啡来着,就是平时大家忙,很少聚在一起。"刘若怡小心地挑选着用词。

"嗯。"吴畏简单的答复。

"就是……上次聊的时候,我感觉到如歌很不开心,她真的不开心。如歌是个很优秀的女人,她婚后的生活应该是幸福的,而不是总独守空房,带着孩子。现在这个社会很混乱,诱惑也很多,时间久了,如歌难免会犯错误。婚姻不是爱情的坟墓,人的感情是有方向的,不放在这里,总是会放在其他地方……我不是很会说,就是想提醒一下你。"吴畏的反应让她有些生气,于是她一口气把自己的想法说了出来。

"这还叫不会说?"吴畏揶揄道,眼神依旧看着前方,没有一丝表情。

看着吴畏的样子,刘若怡静了下来,半晌,她轻轻说了一句话:

"那天下午,我看到如歌去了酒店,而你的车就在酒店不远的巷口停着,那不是你和如歌去酒店吧?"

吴畏猛的一踩刹车,车突然停住的动作太过猛烈,后面的车差点撞了上来。吴畏没有管这些,他死盯着刘若怡。看着吴畏那几乎有些狰狞的表情,刘若怡反而迎着他的目光,毫无惧色地也看着他。

不知过了多久,吴畏颓然叹了一口气,转头不再看着刘若怡,发动了汽车。

"你不觉得你管得太多了么?"吴畏声音低沉地说。

"我也是无意中看到的。"她镇定地说。奇怪了,说这句话之前自己很忐忑,可是说了之后,反而心如止水。吴畏的反应更加印证了她的想法。

"你打算怎么办?"刘若怡继续问道。

"我不知道。不过我宁愿相信如歌是被欺骗的。"吴畏回答,他看了刘若怡一眼,突然问道:

"能说说你为什么不结婚么?"

"有两个原因。"刘若怡顿了顿,还是回答道:

"第一个原因是身体原因。我有先天性的心脏病,不能生小孩。第二个原因是我自身的,我对婚姻有恐惧。"

吴畏看了她一眼,没有说话。

"我父母在我小时候就离婚了,从小我是和母亲长大的。所以婚姻在我心中只是一个形式,并不可靠。我也不相信男人的爱情,毕竟100年前的时候,男人还能正大光明地娶三妻四妾呢。"说着说着,刘若怡不禁开了个玩笑。

"我现在倒宁愿自己没有结婚。"吴畏苦涩地笑道。

"如歌是个好女人。出现这个问题,你也难辞其咎。并不是说如歌没有错误。你,如歌,这个社会都有错。我这么说吧,你和我关系也不错,但是我们之间并没有发生什么,那是因为我们都明白什么能做,什么不能做,不是吗?"

"所以,如歌这件事,首先要让如歌认清那个男人的真面目,其次,要让如歌明白她在你心中到底有多么重要,并且你要付诸行动。最后一点,就是你要过得了你自己这一关。我觉得这三点缺一不可。"刘若怡认真地说。

"没发现你还有这个优点啊?"

"我可是法医,我们有心理咨询方面的课程的。不过前提条件是,不能给亲朋好友做咨询,我都破戒了。"

"哦,这样,呵呵。"

"你终于笑了啊。"看着吴畏的笑,刘若怡心里一松,也笑了。

"谢谢你若怡,你真的很好。"吴畏转头看着刘若怡,也认真地说。

刘若怡的脸又红了,她埋着头,任凭吴畏怎么说,她都不说话了。

将刘若怡送到医院,吴畏调头准备回分局。刘若怡说的话他听进去了,他明白,他舍不得如歌,所以自己这关,说什么都得过。现在当务之急是让如歌看清楚,陆远到底是个什么货色。就算江婧的死和他没有关系,他在已婚的前提下约见多名网友是事实。这个恶心的男人,他根本是在玩弄女人们的感情!

突然,电话响了,是赵旭打来的。

"吴队,采访批下来没?批下来的话我到分局去找你。"不得不说,赵旭的声音真的很适合当主持人,沉稳而且悦耳。

"批下来了,这样吧,你3点到分局我的办公室来,我只有一个小时的时间。"

上次赵旭给吴畏说了这个事情之后,吴畏就给领导汇报了。赵旭所在的滨河市电视台在滨河市还是有相当分量的,"9·18"案件让岚山分局承受了不小的压力,在这个情况下,滨河市台的法治新闻栏目报道一下已经成功破获的案件有积极意义,因此直接就批了下来。

3点整,岚山分局,吴畏的办公室。

赵旭这次穿了一身黑色的职业装,略微化着淡妆,头发还是高高地扎在耳后,看起来已经是标准的主持人范儿了。但是一见到吴畏进来,她立刻露出了和这身装扮不符的笑容。

"你终于来了,我们等了好半天。"看着走进来的吴畏,她露出了两颗小虎牙。

"说的是3点,我很准时。"吴畏注意到了赵旭笑的时候露出的虎牙,他有一种错觉,赵旭其实只是一个很黏人的小女孩。

"好了,坐吧。原本应该让你到我们台里去录节目的,想想你也不愿意。乔兵,可以开始了。"她很大方地坐下了,还邀吴畏坐,好像这是她的办公室似的。

"各位观众大家好,欢迎大家收看这期的法治新闻,我是主持人赵旭,本期的特邀嘉宾是滨河市岚山分局刑警大队长吴畏,吴队长你好。"

面对摄像机,赵旭迅速进入了角色。看着淡然主持节目的赵旭,吴畏突然明白为什么她这么年轻就能进入市台了,她确实具备一个记者、一个主持人的素质,而且非常优秀。

一个小时过去了,两个小时过去了,整个采访一直到5点才全部结束。

"OK,辛苦了。"摄像乔兵关掉了摄像机,打了个手势示意结束了。

"呼。"赵旭伸了个懒腰,伸手看了看表。

"哎呀!都5点了!实在不好意思啊吴队。"她嘴上带着歉意说,眼睛里的狡黠一闪而过。

"……别装了,你早都发现了吧。"吴畏无奈地说,刚已经好几个人来办公室找他了,看这个阵势都知趣地没进来。

"好不容易有一次机会,不挖足料怎么行,这个案子真的很精彩,我估计收视率肯定很高,哈哈!"赵旭说完站起身来。

"为了感谢你,我请你吃饭啊。"她看着吴畏很认真地说。

"不用了,你看找我的人这么多……"

"没事,我等你忙完,小乔,你来么?"赵旭压根不给吴畏回答的机会,转头看着摄像乔兵。

"要回去准备发片,我就不去了,收拾好我就走,你们去吧。你也别太晚,不然被领导发现你偷懒。"乔兵笑着说。

"哈哈,知道啦。"

说完赵旭一屁股坐在了椅子上,眼看是不挪窝了。

吴畏顿时头疼了起来,这孤男寡女的吃饭,真不太好,刘若怡在打针也没法叫过来。自己怎么就招了这个难缠的小姑娘,唉。

6点半,口春小笼汤包店。

吴畏,赵旭,老马三人围坐在一张桌子旁,赵旭正在张罗着点菜。老马悄悄地用眼角瞄着吴畏,吴畏嘴角动了动,没说话。

赵旭还真有耐心,一直等到 6 点还不走,吴畏没办法,只好把老马拉来当垫背的了。

点完菜,赵旭看着吴畏和老马,突然噗嗤一下笑了出来。

"你们两个表情怎么这么奇怪?"

"呵呵,赵大记者魅力就是大啊,我们吴队从来不会和媒体记者吃饭的。"老马嘿嘿笑了一声。

"这有什么?再说,我不是以记者的身份请他的,我是以朋友的身份请他的。"赵旭挑衅般地看了吴畏一眼。

如果是以前,吴畏绝对不会答应赵旭吃饭的要求。有这个时间,他还不如回家去陪如歌呢!可是现在……

吴畏的脸色瞬间阴沉了下来。

"对了,说起来,马叔你和吴队共事也有十几年了吧?"看到吴畏脸色变了,赵旭不知道自己说错了什么,赶忙换了话题。

"马叔?"老马直接就郁闷了。

"你儿子都快上大学了,可不是马叔,赵记者还不到 30 岁。"赵旭的一句"马叔"叫的刚还冷着脸的吴畏也忍不住笑了。和她在一起的时候,他真是没时间思考如歌啊!

"好吧好吧,马叔就马叔,那我就尽尽当叔的本分。我说小赵啊,你都快 30 了,怎么还没找对象啊?整天跟着我们吴队跑着是干吗?"老马笑眯眯地看着赵旭。

"我是记者啊,追新闻当然是本分了,再说,追本姑娘的人多得很,从火车站排到滨河再从滨河排回来都够。"赵旭正义凛然地回答。

老马一副不信的样子。

"……好吧。"看着老马,赵旭欲言又止。

"怎么了?"吴畏发话了。

"其实我爸原来就是警察。"赵旭盯着桌角,眼神有些恍惚。

"我是河阳市人,我妈妈在我还小的时候就和我爸离婚了,我爸原来是河阳一个分局的刑警队长。河阳是个煤矿资源很丰富的城市,周围有很多矿区。一次有个案子是矿区的,局里派我爸去。那个地方治安非常混乱,我爸刚到那里的时候,就有黑道的人威胁他让他离开,但是他没有听,结果那天晚上,他住的宾馆爆炸了……"赵旭说不下去了。

一时间,桌子上变得安静了,老马和吴畏都没有说话。

"那次死了很多人,他也没能幸免。我想,我妈妈和他离婚的原因应该就是因为他一心扑在工作上吧。其实我一直都想不通,我爸当时为什么没走,这份工作真的那么重要?重要到家人都放在其次?"赵旭的声音哽咽了。

"好了,别说了。"吴畏带着歉意说。

他现在懂了,赵旭之所以一开始就对他感兴趣,很大一部分理由是因为她父亲的关系。他和赵旭的父亲有很多共同点:两人都是刑警队长,工作起来都不要命,都顾不上自己的家庭。

如果是这样,自己反而对赵旭误会了,这个坚强的姑娘,这么多年都是自己一个人在拼命努力,没想到这次谈话揭开了她的伤疤,其实她是不想让人看到她这一面的吧!

"我去个卫生间,不好意思。"赵旭擦着眼睛站起身来。

"你怎么看?"赵旭刚离开,老马就问吴畏。

"这个事我隐约有点印象,也是十几年前的事了,当时闹的比较大。"吴畏沉吟道。

"我就觉得这姑娘怪怪的,怎么整天没事都跟着你,原来是这么一回事,不过……"

"怎么了?"

"你和她还是保持些距离吧,我觉得不是这么简单,有时候,有些事由不得自己。"老马拍了拍吴畏的肩膀,意味深长地说道。

吴畏苦笑了下,自己还嫌不够头大啊,还敢惹这些事?再说自己是那种人么?

赵旭回来了,她补了妆,只有眼圈那一点微红能看出来她曾经哭过。

"好啦,不说那些不开心的了!我们的汤包怎么还没上啊?服务员!"

看着赵旭大呼小叫地喊着服务员,老马和吴畏都不由得笑了。这孩子,哪里还有一个金牌主持人的样子!

老马和吴畏都没有注意到,赵旭压根没有回答找男朋友的这个问题。

……

19 真相大白

陆远最近心情很不错。前两天,他刚刚谈妥了一项工程,工程是联合医院准备兴建的牙科楼的项目。加上之前和李总谈的采购设备所拿到的返点,陆远在短短半年内就赚了很大一笔。他的这些所作所为很是隐秘,李总那个标,惠生院长自然是知道的,孝敬他肯定少不了。

这天,陆远和新认识的网友约好了下午两点在指南针酒店见面。自从上次和如歌开房之后,谨慎的他就暂时没有再约如歌出来。这次这个女孩是个导游,网名叫"小青",这个网名真的很有诱惑力,从照片看年纪似乎比如歌还要小一些。女孩很开放,两人只聊了三四次,她就答应陆远出来见面。想到马上要见到这个充满活力的女孩,陆远有些兴奋。

到了酒店门口附近,陆远小心地将车停在了地下车库,然后步行到了酒店门口。这是滨河市,他处处都要小心才行。这个时间妻子在上班,同事也都在工作中,应该不会碰到熟人,就算碰到了,解释说帮客户订客房也能将就过去。

远远的,陆远就看到一个肤色呈小麦色的女孩在门口等他,一身紧绷的运动服将她的曲线展露无遗。她扎着马尾,长长的辫子时不时地扫过肩膀,圆圆的脸和大大的眼睛,和如歌给人的感觉完全不同。

陆远微笑着站在了她的面前,两人自报了姓名,这个女孩真名叫徐青,今年还不到 30 岁,没有结婚。她落落大方地跟着陆远一起走进了酒店。

"你好,麻烦开间钟点房。"陆远走到前台,和前台小姐说道,同时递上了自己的身份证。

"陆先生您好,请这位小姐也出示一下您的身份证。"前台小姐带着微笑,用甜美的声音回答道。

突然,徐青拽了拽陆远的袖子,陆远疑惑地回过头,一眼就看到了正睁大眼睛望着他们的如歌。

徐青看了看面露怒色的如歌,又看了看目瞪口呆的陆远,突然好像明白了什么。她直接扬起手,给了陆远一巴掌。清脆的巴掌声刹那间回荡在整个酒店大厅。

"陆远,她是你老婆吧!你还骗我说你离婚了!"徐青嚷嚷着说,"你这个混蛋!"她又狠狠地推了陆远一把,然后一把抓起搁在前台的包,跑出了酒店。

陆远被推得一个踉跄,他一把扶住前台,刚要和如歌解释,只见如歌一言不发地转身就离开了酒店。

"真他妈的倒霉!"陆远骂了句脏话,谁知道如歌怎么刚好出现在这里了!本来事情还有回旋的余地,可是徐青的反应那么大,陆远想圆谎都圆不了了,再说,哪有这么巧的事!他只能庆幸,还好来的不是薛娟。

这个世界上,还真少有这么巧合的事。如歌这次碰到陆远,是吴畏一手策划出来的。对一个从事刑侦这么多年的警察来说,这只能算是小儿科。

从下午 1 点开始,吴畏就一直在酒店的商品部柜台那儿了。经过这几天的观察,陆远其人好色成性,不可能为某一个女人停止猎艳。为了引蛇出洞,吴畏找了自己办案时偶然认识的一个导游来帮忙。本来这种事很是丢人,吴畏也不想让别人知道,不过他自己的同事如歌都是认识的,如果如歌见到,肯定能认出来。所以吴畏咬咬牙,还是给对方打了电话,而这个导游正是徐青。徐青听了吴畏的话后,很仗义地说肯定帮他这个忙。

功夫不负有心人,陆远在加了徐青为好友之后,聊了没几次就提出见面。徐青则直截了当地提出去酒店。由于徐青一直表现得很开朗大方,陆远也就没有起疑,欣然约定了两人见面的时间。

吴畏知道时机来了,他如此费心,目的就是要让自己的老婆夏如歌看到这一幕,清醒过来能够认清这个男人的真实面目。

这天,吴畏提前来到酒店,他亮出证件,让前台配合给如歌服饰打一个电话,假称酒店需要定制服装和进一批布草,点名夏如歌经理来谈。两点在酒店见面。吴畏考虑,如果陆远来的时候如歌还没到,就让徐青拖着陆远先去酒吧,然后让前台安排迟来的如歌先坐在前台的对面稍事休息,说经理在楼上开会让等他们经理一下。总之,一定要在保证徐青安全的前提下,让如歌看到陆远丑恶的嘴脸!

好在事情没有这么复杂,如歌来得刚刚好,一切尽在吴畏的预料中。

吴畏远远地看着陆远走出了酒店,这几天案子没有头绪,而他只要一安静下来,脑海里就浮现出那天在"星期天"快捷酒店406房间那狼藉的双人床。吴畏突然觉得自己头疼得厉害,又连续48小时没有休息了。他的心里突然涌现出一股报复的快感。他真恨不得冲上去给陆远一拳,甚至打断他一条腿来泄愤。

这件事情到此也就告一段落,剩下的,就看如歌怎么决定了。

吴畏拖着疲惫的身躯准备离开酒店。

"您好,请问刚才是不是有位叫陆远的先生在您这里开房间?能告诉我是房间号码吗?我是他朋友,他让我过来找他。"

听到陆远的名字,吴畏突然站住了,他回头看去,宾馆前台旁站着一个留着披肩长发的女人。从侧面看脸庞很秀气。

"这个女人是……薛娟?"吴畏很惊讶。

虽然只是通过电话,调过她的档案,看过她的相片,但是吴畏能肯定地认出她,薛娟。

就是她,薛娟,她怎么出现了?也发现了自己老公陆远的行径,还是什么?

"您好,刚才陆先生确实来过,但是他没有开房间,已经离开了,要不您再和他打电话确认一下。"前台的服务员有礼貌地回答说。

"您知道为什么吗?"薛娟的语调里带着一丝疑问。

"抱歉,这个不清楚。"

"好的,谢谢。"薛娟道了一声谢,然后快步离开了酒店。

吴畏看着薛娟离开了酒店,马上跟了上去。职业的敏感决定了吴畏要跟着这个女人看她想做什么。没想到吴畏一走出酒店,薛娟的身影就已经不见了。

吴畏当机立断地回到了酒店。刚才距离有些远,吴畏并没有全部听到薛娟说了什么,他立刻回到酒店询问前台,前台反映说,薛娟只是问了一下前台陆远开房的情况,但是刚才具体发生了什么,前台并没有告诉薛娟。

也许是薛娟察觉到了什么蛛丝马迹,所以做了和自己一样的事。

吴畏思量了一会,没有得出确切的结论,他只能放弃思考这件事。虽然很长时间没有睡觉了,但是吴畏没有瞌睡,他打开车门坐了进去,无意中发现倒车镜子里一双熬得通红的双眼,憔悴的面容,胡子拉碴,自己都不敢相信镜子里这个人是自己。他蜷缩在放下靠背的驾驶位上,想不起此刻还有什么人可以让他去思念。这种蜷缩的方式,不禁让他想起孩子在母腹中保持的姿势,似乎感觉到,自己酸胀的身体和内心在慢慢恢复秩序……吴畏此时很想打电话给一个女人,刘若怡是和他比较亲近的人,但是他不能打给她。

吴畏无意地拨弄着手机,等他回过神,发现他正看着赵旭的电话号码。

自从那次吃饭之后,吴畏感觉和赵旭的心理距离比原来近了些,以前他是怕赵旭对他有想法,现在他知道是因为她父亲,不自觉地就对赵旭温和了许多。他很同情这个女孩,也很喜欢她开朗活泼的性格,但是不会再有其他。

吴畏摇了摇头。如歌已经错了,他不能错。他希望如歌能明白自己的良苦用心,自己是真的不能没有如歌,相信如歌是一时被这个感情骗子甜言蜜语所蒙蔽,但是这种报纸是不能被捅烂的,如果那样的话,如歌肯定没脸面对自己和晓雪,最终会离开自己。刘若怡说的话,他听进去了,他知道如歌的出轨自己也脱不了干系,这么长时间,自己回家不是醉醺醺的,就是压根不回去,对这个家他付出得太少太少!似乎越是这么想,吴畏的心里就越平衡一般。

今天,自己该怎么面对如歌,该怎么面对这个家?

吴畏突然希望那个在宾馆被炸死的人是自己。

愤然离去的如歌,大脑里一片空白。她跌跌撞撞地走着,连车都忘了开。等她反应过来的时候,她已经在滨河公园里了。

讽刺的是,如歌不知道,当初陆远也是在这里坐了很久。

如歌木然地坐在公园的长椅上,开始回想她和陆远相识的一幕幕情景。她曾经和十八九岁的女孩一样天真地相信她是他的唯一,他们之间才是真正的爱情。如歌一直以为,她和陆远之间是爱情,而不是偷情,但是现实把这一幕彻底的击碎了。原来她只是一厢情愿,她只是他的一个消遣,只是他 ABCD 中的一个字母!他所做的一切都是为了让她心甘情愿地在他面前脱掉自己的衣服,他所说的话都是假的,都是为了把自己骗上床才说的。他用爱情做外衣,包裹着那颗猎艳的心,他所做的一切,目的简单而明确:得到女人的身体!自己就这样把自己的身体交给了他,交给了这样的一个人!眼泪顺着如歌的脸颊流了下来,如歌没有动,她就这样任由眼泪滴落。自己为什么这么傻!如歌在心中声嘶力竭地呐喊着。

当最强烈的愤怒开始消退的时候,后悔和内疚突然充满了如歌的心。她想到自己是多么对不起吴畏,多么对不起这个家。她总以为,吴畏对自己关心越来越少,他们之间已经没有了爱情,当"八千里路"出现时,她以为自己找到了真正的爱情,所以,连出轨都是有些理直气壮的,但其实,自己只不过是他无数猎艳目标中的一个罢了,过不了几天,当他厌倦了自己的身体,或者有了新的目标,就会找各种理由摆脱自己的纠缠了。真正把自己当宝的,只有吴畏。看着眼前的滨河,如歌简直都有了跳下去的冲动。

如歌终究没有跳,因为她还有女儿晓雪,她还有牵挂。正是这份牵挂,让她还是回了家。

夜,依旧如此静谧。如歌家的那栋楼前的路灯坏了,屋子里一片漆黑。客厅的钟表滴答滴答地响着,一种异样的压抑感弥漫在整个房间里。如歌静静地坐在桌子旁,盯着自己的笔记本电脑。

今天吴畏没有回来,也没有打电话,这也是常事了。

突然,如歌站起身来,用近乎粗暴的动作拔掉了笔记本的线,她拿着笔记本走到窗边,一把打开窗户,用尽全身的力气把笔记本扔了下去。

一声巨响吵醒了这个安静的夜,没过几分钟就有住户打开了灯,他们打开窗户探出身子迷茫地向外观望着,但是什么都没有看到。

一阵骚动后,夜终于慢慢地平息了。如歌仿佛跑了八百米一般喘着气,她蹲在窗户边,眼泪不听话地又流了下来。

"妈……妈妈!"

是女儿晓雪的声音,如歌慌忙擦擦眼泪,应了一声。

刚刚那声巨响把女儿晓雪也从睡梦中惊醒了,她睁开眼睛,看着周围黑漆漆的一片很害怕,硬是忍了半天,还是颤颤巍巍地喊了如歌。

"晓雪乖,妈妈在呢,不怕。"如歌打开晓雪房间的灯,看到晓雪的小脑袋半个都缩在被窝里,小脸煞白,显然是很害怕。

如歌感到自己的心仿佛被锥子狠狠地扎了一下,她慌忙走过去搂住女儿。

"妈妈,刚才是什么声音啊?"晓雪眼圈都红了。

"没事,是汽车爆胎了,吵到宝贝了。"如歌安抚着女儿。

晓雪抬起头,看着如歌的脸。

"妈妈,你也害怕么?你怎么也哭了呀!"说着,晓雪伸出小手摸着如歌的脸颊,如歌的眼圈都是红肿着的,在灯光的映照下特别明显。

"是呀,妈妈也被吓到了,妈妈真没用。"如歌强笑着说,谁知道眼泪又止不住地流了下来。

"妈妈别怕,有晓雪呢,晓雪给爸爸打电话让爸爸回来。"看到妈妈也哭了,晓雪不禁着急了起来,她坐起来直接用小胳膊抱住了如歌。

"宝贝,妈妈不好,妈妈对不起你。"看着明明自己很害怕,还尽力安慰自己的女儿,如歌终于崩溃了,她泣不成声地搂着晓雪。

"妈妈最好了,谁说妈妈不好,我就让爸爸去打他!"

"……"如歌没有说话,她只是用力搂着晓雪,眼泪像断了线的珠子一般掉了下来。

凌晨两点,如歌坐在女儿晓雪的床边,看着熟睡的女儿,她的心里终于慢慢平静了下来。给予她救赎的是女儿,这对她来说已经足够。但是如歌不知道,在另外一个角落,还有一个人今夜无眠。

20 凶手其人

这天,吴畏没有回家,也没有给如歌打电话,他关掉了手机,在车里待了一夜。

第二天早上9点,吴畏终于睁开了双眼。一时之间他有些反应不过来这是哪里。他茫然地看着四周,可是随着太阳穴两侧那突如其来的疼痛,他的记忆终于复苏了。车内的空间非常狭小,背部的不适伴随着头疼让他不禁低吼了一声。吴畏费力地打开了车门下了车,直了直疼痛的脊背,打开了手机。没想到他刚刚开机,手机就响了,他一看是刑警队张林副大队长的,连忙振作精神接通了电话。

"吴队,我这边有新发现,今天我去死者生前住的乐居小区搜查时,在物业那边发现一个可疑的线索。死者江婧失踪的同时,小区保安李大壮也失踪了。经过调查发现,李大壮失踪前一年一直在是小区做保安。经技侦配合,与死者生前联系频繁的手机号是13963190181,机主登记姓名是薛娟,查证后得知,在9月17日机主和死者江婧有过短信联系。距离报警时间9月18日晚18点半仅仅相隔24小时。大家综合分析,这名叫李大壮的男子作案嫌疑非常大。初步断定李大壮就是杀人凶手。经调查,李大壮躲藏在老家荷花村的可能性极大。而薛娟为滨河市新城区财务局办公室主任,其名下共有三个号码,包括家庭座机以及她的老公陆远,系市联合医院副院长。"张副队一口气说。

"我现在就回分局。"吴畏简短地说,然后就挂了电话。

挂了电话,吴畏狠狠地用拳头敲了敲脑袋。现在不是想其他事情的时候!他迅速拉开车门发动汽车,加大了油门开着警灯往局里赶。一路上,他在心里不断思考着,陆远和李大壮什么关系?到底是案件表面的抢劫杀人还是为情杀人灭口?根据之前QQ里调取的资料,陆远和江婧他们应该有段时间都没有在网上联系了,可是为什么又打电话?很多疑点不得而知。

回到分局,吴畏立刻调派人手,带队赶赴滨城郊外30公里外的荷花村,将刚吃完午饭正在家睡觉的犯罪嫌疑人李大壮抓获。

赶回分局后,张林副大队长没有休息立刻开始审问李大壮。

李大壮,28岁,男,新城区荷花村农民。据李大壮交代:他和薛娟认识是陪老村长去区上财政局要修路款认识的,薛主任人很好,给村上解决了大问题,9月初他替村长带了土特产感谢薛主任时,说话中无意知道和陆远见面的第三者江婧也在乐居小区单元房住,就自告奋勇收拾这个女人给薛娟出气。薛娟同意了,她趁陆远在家时假借陆远名义约江婧在枣庄友谊路西小树林见面,李大壮前去赴约,本想替薛娟出气,没想到江婧也住在小区并认出了他是乐居小区保安,在江婧要报警时,李大壮一时情急竟杀了江婧,杀了人后李大壮便躲回老家,妄图逃避法律的制裁。

看着李大壮的笔录,吴畏感觉到了明显有不合理的地方。薛娟让他去找江婧是事实,但是薛娟到底有没有让他杀掉江婧?是他自己失手杀人还是受人指使?他也许只是在推脱责任!

此时距离案发已有20天,无论如何,薛娟都脱不掉干系,还是要先抓捕薛娟。

想到这里,吴畏立刻抓起电话通知张林抓捕薛娟。警队内勤韩永去办手续去了,吴畏点上一支烟,大口地吸了一下缓解精神疲劳。在略微休息了一刻之后,吴畏拿起了本子和笔。案件到今天基本已经水落石出,但是他还需要简单地整理一下整个案件的思路:

9月18日,经群众报警反映,岚山区枣庄小树林内发现一具女性尸体。通过对犯罪现场和对尸体的勘察和检验,可以确定为他杀。本个月后,催缴房租的小区业主张大爷发现自家房屋租客失踪,报案后警方根据房屋内物品情况确定失踪的租客就是小树林内的女尸,并借此断定了女尸的身份。从死者笔记本电脑中调出的聊天记录可以看出,死者生前和姓陆的一名男性来往密切,但是并无确实证据证明陆为凶手。之后办案民警在查访中发现某小区保安李大壮失踪,将其抓捕归案后得知,李大壮背后的薛娟才是真正雇凶杀人的幕后黑手。

真相大白!没有想到那个看起来温文婉约的薛娟居然会是真凶,这样看来,上次她出现在"指南针"酒店的时候绝对不是偶然。在她的指使下,江婧已经被杀。不管她是有意还是无意,她已经背负了一条人命。但是她依旧来跟踪自己的丈夫,这表明她并没有善罢甘休的意思。陆远在约见了江婧之后,还约见了谁?是不是还有人遭遇不测?

想到这里,吴畏突然惊出一身冷汗!他迅速掏出手机,拨通了如歌的号码。片刻后熟悉的彩铃声响起。

接电话啊如歌,快接啊!吴畏在心中焦急地默念着,可是如歌的手机一直没有人接。

吴畏再次拨通了如歌的号码,还是没有人接。

"吴畏,冷静,不会有事的。"吴畏强迫着让自己冷静下来,"不会这么巧,如歌不会有事的,这个时间她肯定正在上班,肯定忙着没有听到,没事的。"吴畏安慰自己说。

"去如歌公司看看！"再次拨通了如歌的号码，还是没有人接电话，吴畏猛的站了起来，这样不行，他得去找如歌。

"老马，张副队有事你给我打电话，抓捕薛娟我就不去了，我有点事，出去一趟。"吴畏匆匆地给老马留了句话，就出了门。他不想让别人知道事情的始末，难道告诉别人自己是担心薛娟对如歌不利？怎么解释？

上了车，吴畏给刘若怡打了个电话。

"若怡？你今天没在分局里，'9·18'案子破了，真凶是一个叫薛娟的女人，我怕她对如歌不利，现在没时间解释，你这会要是没事，麻烦你去一趟我家吧。如歌电话没人接，我怕出事……"吴畏急促地说道。

"薛娟？哪个薛娟？她老公是不是叫陆远？"电话那头的刘若怡突然打断了吴畏的话。

"是的，你怎么知道？"

"天呐，这个薛娟，和我还有如歌一起在咖啡厅喝过咖啡的！"刘若怡在电话那头焦急地说。

"你赶紧去我家，看如歌在不在家，我们电话联系。"陆远说完就挂了电话。

从刘若怡这里得知的这个消息真的是雪上加霜，这代表薛娟早已见过如歌了，也许在见面的时候，她就已经知道如歌和陆远的关系。以薛娟的外在形象，没有人会对她起疑。尽管李大壮杀人到底是不是薛娟指使的还不确定，可是如果是呢？难保已经背负一条人命的薛娟又做出什么可怕的事！吴畏已经没法冷静了，他顾不了那么多，直接拉响警笛高速开往如歌的公司。

这边刘若怡刚开完会出来，她赶紧挡了一辆出租车去吴畏家。在车上，刘若怡一阵害怕。

"怪不得那天如歌说感觉薛娟的眼神很奇怪，原来是这么一回事！要是自己早知道就好了，还能给如歌提个醒啊！"

在出租车上,刘若怡一边不停地拨着如歌的电话,一边催促司机快点。

十几分钟后,吴畏刚到如歌公司门口,还没有下车,张副队的电话就打过来了。

"吴队,薛娟在家自杀了,要不你过来一趟吧。"张副队只说了一句话就挂了电话。

电话刚挂,刘若怡又打过来了。

"吴队,我到你家了,如歌在家呢,她今天不太舒服没去公司。你打电话那会她睡了,手机在客厅充电,是震动,她没听到。"

"好,麻烦你了若怡,真的谢谢你。哦,薛娟自杀了,你休息一下就马上过去吧。"吴畏紧绷的一根弦终于松了下来,他瘫坐在驾驶椅上,仰头望着车顶。30多年来,吴畏从来没有哭过,但是此刻他的双眼已经不受控制般地漾满了泪水……

刘若怡有些震惊地挂了电话,她略微有些气喘,原本她心脏就不太好,从小区门口下车后可是一路跑过来的。如歌刚一开门,刘若怡的心才放了下来,她来不及给如歌解释,赶紧就先给吴畏打了个电话,现在如歌正在一脸疑惑地盯着她看。

"出了什么事若怡?"

"唉,一言难尽。"想到这个事情,刘若怡震惊之余突然有些尴尬,这纯属他们的家事,她说还是不说? 当初和吴畏聊这些事情就已经很不好意思了。

如歌看出了刘若怡的迟疑,她直接把她拽进了屋子。

"你先坐,我给你倒杯水,然后你一五一十地告诉我到底怎么了。"如歌的声调不高,但是不容置疑。

"好吧,我可能马上就要走了,拣关键的给你说吧。"刘若怡端着水,仔细斟酌了一下词语。如歌看起来状态很不好,蓬头垢面的,不知道是怎么回事。

"薛娟你还记得吧?"她问如歌。

"薛娟?记得,上次一起喝咖啡来着,她怎么了?"如歌有些奇怪,这和薛娟有什么关系?

"薛娟今天早上在家自杀了,因为她发现她老公有外遇时指使别人杀了他老公的。"刘若怡轻轻地说。如歌震惊地捂住了嘴,但是让她意想不到的事还在后面。

"薛娟的老公叫陆远,是联合医院的副院长。"

如歌的大脑轰然作响,她彻底呆住了。

刘若怡已经走了,但是如歌压根没有注意到,她的大脑已经彻底死机了。

"9·18"案如歌是知道的,这案子一直是吴畏在负责,她怎么也没有想到这种案件能和自己扯上关系。刚才刘若怡说的很隐晦,但是表达的意思已经很清楚——她和陆远的事,吴畏肯定知道了!

吴畏是什么时候知道的?他为什么一直什么都没说?

如歌失魂落魄地站了起来,开始在客厅走来走去。

原本她还希望这件事就这样过去,希望这件事就这样埋在心底!现在怎么办?

吴畏能让刘若怡过来找他,肯定是很担心她的安全,但是他怎么可能完全不在意?如歌了解吴畏,对这种事他绝对不可能忍气吞声!

如歌突然抓起了电话,她要给吴畏打过去。

但是看着吴畏的号码,她的手颤抖了,她始终没有办法按下那个绿色的通话按钮。许久,她颓然叹息了一声,倒在了沙发上。

也许这才是真正的报应!就在自己认为已经被救赎的时候,上天又狠狠地耍了她一次,偏偏为了女儿,她又不能独自结束这一切!

如歌抱着膝盖,在沙发上缩成了一团,她已经完全不知道自己会怎么样了……

早上 10 点,天色非常阴沉,低厚的云层压抑的人透不过气来。在吴畏赶向薛娟家的路上,张副队在电话里已经将情况讲了个大概。

早晨 8 点半的时候,刑警队张林带着民警先赶到了薛娟所在的滨河市新城区财务局,得知薛娟今天请假没有来上班。根据之前调出的薛娟父母的联系方式,联系到薛娟的父亲薛文中,确认薛娟也没有在父母家中。薛文中听说女儿出了事,很配合地提供了薛娟住所的钥匙。打开大门后,发现薛娟已经在卧室的床上停止了呼吸,床头上有一封遗书,根据遗书内容看,江婧的死应该不是薛娟指使的,李大壮没有说实话,现在他赶回去再审李大壮。

吴畏刚进门,就看到了坐在客厅沙发上抱着头沉默不语的薛文中。吴畏的出现没有引起他的注意,老人的身躯佝偻着,显得那么矮小和无助。刘若怡先他一步赶到了,正在卧室里勘验薛娟的尸体。房间里很安静,只有相机的咔嚓声和沙沙的记录声。卧室旁边的床头柜上摆着一个空药瓶和一张纸。

"吴队,这是薛娟的遗书。根据对尸体的鉴定,薛娟是服用了过量的安眠药死亡的,死亡时间约昨天半夜 3 点钟。"刘若怡站起身来,声音低沉地说。

"嗯,我看看。"吴畏打开这张纸。

老公:

你还记得我们第一次见面的时候吗?那个时候我很害羞,没有和你说几句话。但是从见到你的第一面起,我就爱上了你!

老公,和你结婚这么多年,我真的很幸福。你是个好父亲,你也是一个好男人。我曾经在想,自己上辈子是做了什么好事,能遇到这样一个完美的人做自己的丈夫。可能是我太得意了吧！老天终于开始惩罚我了。那天在给你换洗的衣裤里，我无意中发现了宾馆房间的收据。我无法控制自己的情绪，就悄悄地看了你笔记本电脑的QQ，但是我发现你把所有的聊天记录都删掉了。其实我已经明白这意味着什么！但是，直到我雇人拍到你和她见面的照片，我才发现所有的幸福其实都只是幻影而已。

  老公，那时我不怪你，是这个叫江婧的狐狸精破坏了我们的家庭。我让李大壮去吓唬她，没想到她却死了，当时在报上看到她尸体时我很害怕，我想去自首，但是我舍不得你，我也舍不得子轩。这段时间，我一直睡不好，奢望不会被人发现我雇凶杀人这个事实。但是我没有想到，你后来又去见了别的女人。

  老公，我跟着你到了"指南针"酒店，也跟着你到了"星期天"酒店。你在丽江的时候，我听着你在电话里那开心的声音。这一切的一切我都知道，你没有想到吧！曾经有那么一刻，我真想把这些女人一个个全部杀死！可是我知道，就算她们都死了，你也依旧会继续，我什么时候才能把她们都杀完？那天在咖啡厅，我无意中碰到了其中一个和你开房的女人。我们聊得不多，但是我知道她是个好女人，她只是寂寞。我彻底明白了，到处留情的人是你，而不是她们，我真可悲这么信任你！昨天有人给我打电话询问李大壮的下落，我就知道事情马上要查到我身上了。很奇怪，我突然不怕了，我放不下你，放不下爸妈和子轩，但是我真的好累好累，我坚持不下去了。

  老公，我想休息了，可能我走了对你是好事吧！我走后，好好照顾子轩，有时间了去看看我的爸妈，让他们别难过。

  老公，我真的爱你，很爱很爱你！就算只有那么一秒你爱过我，我在天上也会原谅你的！如果可以，我真希望能回到我们相遇的那一刻，让一切都重新来过，但是这已经不可能了！

  老公，我要休息了，爱你的娟儿！吻你！

纸张有些皱，上面隐隐能看到泪痕。薛娟是流着泪写完这封遗书的。吴畏将视线移向薛娟。躺在床上的薛娟衣服齐整，神态很平静，看起来仿佛只是在小憩。从薛娟的遗书上看，江婧的死并不是她最初的目的，但是随着李大壮的失手，背负了一条人命的薛娟心态上肯定有所改变。现在可以肯定，当初在"星期天"酒店门口看到的女人就是薛娟，但是她并没有对如歌下手。

突然，吴畏的手机响了，吴畏一看，是赵旭打过来的。吴畏犹豫了一下，然后快步走出了房间来到楼道里。

"喂？这会在忙，有什么事长话短说。"

"有个大新闻，你们今天去抓捕的薛娟，她老公联合医院副院长陆远今天早上被检察院带走了，说是涉嫌职务犯罪。"赵旭说。

吴畏看了一眼还坐在客厅一动不动的薛文中，心中暗暗叹了一口气。不知道这个老人还能不能接受这个事实。

……

一直到看到吴畏的那一刻，陆远都不相信这所有的一切是事实。一夜之间，他的事业，他的家庭，统统都化为了泡影。

那天在酒店碰到如歌让他很沮丧。他给徐青打电话关机，给如歌打电话也没有人接，他实在感觉憋屈，回家之后情绪都不太好。虽然不见得会被薛娟看出来什么，但是第二天他觉得还是暂时别回家比较好，于是他给薛娟发了条短信说要值夜班，在医院待了一夜。

第三天一早，精神委顿的他刚走到办公室门口，就感觉气氛不对。来来往往的人看他的眼神都很怪异。陆远一头雾水地推开办公室的门，一眼就看到正在等他的检察院的人。文员张晓正抱着文件站在一旁惊恐地看着刚进来的陆远。陆远的大脑瞬间短路了，他连反抗的勇气都没有就直接被带走了。这一幕被医院的很多人看到,一下子在滨河市引起轩然大波。赵旭第一时间得知了这个消息,她赶紧打电话告诉了吴畏。吴畏亲自去了检察院,把薛娟的遗书交给了陆远。

吴畏走出了检察院的大门的时候,一颗冰凉的雨滴滴在了他的脸上。吴畏抬起头望着天,浅灰色的天空开始滴答滴答地落下大颗的雨滴,吴畏没有走,他就那样站在雨里。雨滴将满是尘土的地面溅出了一道道的小坑,慢慢的,雨滴变成了雨线,肆虐着、洗刷着因为许久没有下雨而布满了灰尘的城市,也洗刷着吴畏的心。

将近两个月没有下雨的滨河市,终于下雨了!

21 简单即幸福

白岭公墓坐落在滨河市以北的岚岭附近,这是滨河市最大的公墓。这天是薛娟火化的日子,天色十分昏暗,一片片的乌云黑压压地盖在天空上。风使劲地呜咽着,裹着零星的雨滴往人的衣服里钻。岚岭上的树木们随着风的撕扯左右摇摆,似乎要折断一般。

薛娟的灵堂气氛是压抑的,正如外面阴沉的似乎要垂坠下来的天,压抑得仿佛整个世界没有一个活物。

薛文中木然地坐在一侧,他的眼泪已经流光了。老伴早都已经哭得晕厥过去,人们正在后堂手忙脚乱地照顾着。孙子陆子轩暂时送到亲戚家去了,没有人忍心告诉他母亲不在了,而父亲已经进了监狱的事实。据说陆远在监狱里曾经要求过来参加薛娟的葬礼,但是没有被批准。

灵堂的角落有人一直在抽泣,那是梅子,还有薛娟的一群同事们。薛娟一直是个很招人喜欢,很恬静的女人,梅子到现在始终相信江婧的死只是个意外,她绝对不会这么做的。

灵堂内悄悄地进来了几个人,那是吴畏,还有刘若怡。

薛文中用无神的双眼看了他们一眼,又将视线挪到了灵堂正中的女儿身上,一动不动。

刘若怡去安慰梅子了,吴畏站在门口,看着安详地躺在那里的薛娟,他的心狠狠地颤了颤。

至此,"9·18"案件算是彻底告破,李大壮终于也说了实话,一开始他的确只是想吓唬一下江婧,没想到江婧见到他后认出了他就是物业的保安,声称要报警,李大壮一时害怕失手杀了江婧。之后便躲回老家,妄图逃避法律的制裁。

陆远被抓的事在滨河市沸沸扬扬了好一阵子,坊间什么样的传闻都有。还好,薛娟至死都不知道陆远已经被抓的消息。这个可怜的女人,为了捍卫自己的家庭,她做了她应该做的事,但是她没有控制住事态的发展,最终发展成了一场悲剧。

呵呵,自己不也是一场悲剧么?有什么资格说别人?

不知道为什么,看着薛娟,吴畏的心竟然平静了下来。他突然觉得,一切都无所谓了。只要如歌回头,他什么都可以不计较。死的代价太过沉重,和这份代价相比,什么样的砝码都无足轻重。

薛娟终究还是火化了。一缕青烟飘散在风中,仿佛有意识般随风摇摆着,可是没几秒就消散掉了。抬头望着天的刘若怡突然觉得,那缕青烟才是薛娟的灵魂,她一直没有觉得薛娟应该为江婧的死负责。这个可怜的女子,终于离开了这浑浊丑陋的世界。

葬礼结束后,陆远的父母得知消息后已经来到滨河市,陆远案件还在审理中。为了不影响年纪还小的陆子轩,薛文中和老伴直接带着子轩离开滨河市回了老家。对此,陆远的父母仅仅是以沉默来应对,连一点异议都没有表示出来。毕竟一切的始作俑者是自己的儿子,他们还有什么话可以和薛娟的父母说?

滨河市台的法制栏目也报道了案件的全过程，但是报道出乎意料地简单。也许随着时间的推移，这个曾经引起许多人关注的案件也会渐渐淡出人们的视野。

吴畏觉得，到了和如歌好好谈谈的时候了。如歌出轨，自己是有责任的，并不完全是如歌的错。

爱其实很容易，就是轻轻地把一个人放进自己的心里。出轨时如歌就应该明白，自己永远都不可能成为谁的唯一，陆远可以背离家庭和自己发生关系，也就更可能和其他女人发生同样的事。

女人有时就是愚蠢，经常会错误地认为对方只会对自己一个人这样，真是可笑！其实自己早就该明白，纵使你爱了，可还是无法走到一起。

现实生活中，有多少人渴望真爱！从相识相知，到相恋相依，直至相伴相守，看似再简单不过的道理，现实中又有多少人的恋爱婚姻如此圆满而又完美？寂寞才是出轨的罪魁祸首！出轨并不只是男人的专利，女人们也一样在丈夫不知道的情况下出轨。婚姻是婚姻，性就是性，不过大家装着都不知道就是了。网络里的情感既然是边缘情感，就让它存在于网络的边缘吧！

这天，吴畏下班回家。如歌已经在厨房忙着了。他悄悄走进厨房，看着如歌的背影，突然他觉得，自己不用和如歌说什么了。他走上前，轻轻用手从后面环住如歌的腰。

"我们吃完饭出去散步吧。"

如歌肩头微微一颤。

"太阳从西边出来了？你单位不忙了？"

吴畏转过她的身子，看着那其实很好看的脸说：

"我以后天天陪你散步。"

如歌笑了。

案件破获之后没几天,局里安排刘若怡去了美国进修,而赵旭则因工作出色直接被调到了省台。吴畏去机场送了刘若怡,但是并没有送赵旭。刘若怡他是当做妹妹的,但是赵旭他说不清,他也不想去弄清,走了也好。

时光飞逝,两年过去了。

两年的时光很平静,吴畏尽量挤时间回家陪如歌和孩子,他改掉了抽烟喝酒的毛病,如歌也一如既往地温柔。

但是每当吴畏和如歌在一起的时候,吴畏心中总觉得不太舒服,这种芥蒂让他时不时地很烦躁,但是他并没有表现出来。刘若怡偶尔会打电话过来问问他和如歌的近况,吴畏也总是笑着敷衍过去了。

这天下午,一个陌生的号码打了过来。

"吴大队长,猜猜我是谁?"

"赵旭?怎么想起给我打电话,省台混得怎么样?看起来还不错么,电视上总是有你的报道。"虽然总是在电视上听到她的声音,但是当她的电话打过来的时候,吴畏突然感觉很温暖。

"还行呀!我现在在滨河呢,怎么样,要不要出来喝一杯?"电话那头的赵旭还是那么落落大方。

"……"吴畏沉默了两秒,他有很久没有喝酒了,他想到了如歌。

"没空就算了,我就在这边待两天,下次再说。"赵旭听出了吴畏的为难。

"行,我忙完了电话联系。"吴畏突然答应了下来。

这天晚上 7 点,吴畏和赵旭在南京路一家名叫 waiting bar 的酒吧见面了。

吴畏没有注意到,就在同一个时间,在南京路的街那头,他的妻子如歌正在夜语茶艺的门口等待新认识的叫阿郎的网友,她还特意换上一身红色的碎花连衣裙,更显得婀娜多姿。

也许每一个男子全都有过这样的两个女人,至少两个。娶了红玫瑰,久而久之,红的变了墙上的一抹蚊子血,白的还是"床前明月光";娶了白玫瑰,白的便是衣服上的一粒饭粘子,红的却是心口上的一颗朱砂痣。

——张爱玲